Verborgene Flügel

Bibliografische Information der Nationalbibliotheken:
Die Deutsche Nationalbibliothek verzeichnet diese Publikation in der Deut-
schen Nationalbibliografie; detaillierte bibliografische Daten sind im Inter-
net über http://dnb.dnb.de abrufbar.
Die Österreichische Nationalbibliothek verzeichnet diese Publikation in der
Österreichischen Nationalbibliothek.

Dieses Buch unterstützt Gewaltopfer, die Autorin ist Mitglied im Verein „Respekt für Dich – AutorInnen gegen Gewalt"

Impressum:
1. Auflage - 2015

www.karinaverlag.at
Text © autorengruppe sechzig Autoren
Lektorat: Renate Zawrel, Bettina Böhm
Layout, Überarbeitung © Karin Pfolz
Covergestaltung © Detlef Klewer
© März 2015, Karina Verlag, Vienna, Austria,

Print: ISBN: 978-3-903056-51-0
E-Book: 978-3-903056-52-7

SECHZIG AUTOREN

Verborgene Flügel

INHALT

Wir leben in einer Gesellschaft der Schnorrer und Benützer. Songs, Bilder, Software und Videos stiehlt man vom Internet, Musiker spielen für den Hut, Schriftsteller lesen für Applaus und Maler pinseln für die Dekoration des Schlafzimmers.

Wer sich diesem Diktat unterwirft, ist selber schuld.

Kunst soll nix kosten, doch fette Würstel mit Chemiesenf oder künstlich aromatisierte Potatoechips gibt's nirgends gratis ... ohne uns!

Mit dieser Trilogie beweisen wir Künstler, dass wir etwas wert sind, unglaubliches schaffen können, für unsere Fans.

Teil 1 wurde in sechs Wochen geschrieben, werkfertig lektoriert und gedruckt. Am Gesamtprojekt, das drei Bände umfassen wird, sind mehr als sechzig Künstler beteiligt. Dies alles war nur möglich, weil eine unglaublich gute und effiziente Zusammenarbeit die Basis dafür war.

Die meisten der Künstler, die an dieser Trilogie mitarbeiten, kennen sich nicht persönlich. Das gesamte Projekt lief über das Internet. Aber wir haben einander vertraut, keiner wollte besser sein, als der andere, aber alle gemeinsam ein großartiges Werk schaffen.

Die letzten Monate gestalteten sich ziemlich turbulent. Aber auch sehr schwierig, denn ich musste darauf achten, dass niemand mitbekam, wer ich wirklich bin. Niemand sollte mich je in Verbindung mit Tante Gabriele bringen. Diese Frau war mir so ein Gräuel, dass ich nicht eine einzige Minute mehr damit verbringen möchte, an sie zu denken.

Wenigstens eine einzige gute Tat hat sie begangen, zwar erst nach ihrem Ableben, aber bei ihrer bösen Seele ging das einfach nicht zu Lebzeiten.

Als ich den Ort ihres Todes verließ, stolperte ich über einen Koffer und eine Handtasche. Natürlich habe ich alles durchsucht und siehe da, Tantchen hatte ihre gesamten Bankunterlagen und persönlichen Dokumente in diesem Koffer. Die Bankomatkarte und die Kreditkarten fand ich in der Handtasche. So hatte sie – posthum – die Möglichkeit meine Zukunft zu finanzieren, völlig freiwillig, denn ich fragte sie sogar – also ihre Leiche. Irgendwie eine sehr interessante Situation. Da sie nichts einzuwenden hatte, fühlte ich mich verpflichtet, mir eine neue Zukunft mit Gabrieles Geld aufzubauen.

Da ich alle Unterlagen und Codes besaß, konnte ich einfach alles Geld von der Bank holen. Es wusste ja niemand von ihrem Tod. Noch nicht.

Der Betrag, der hier ‚zusammenkam‘, war beachtlich: Es waren mehrere Millionen Euro, aufgeteilt auf viele Konten und Sparbücher. Es würde wohl nicht notwendig werden, mir jemals einen Job zu suchen.

Nun sitze ich da, in Österreich, in einem Haus mit Garten, in der schönen Steiermark. Nahe Roseggers Waldheimat. Sehr schön ist es da. Ganz anders als in Deutschland – damals.

Mein Bauch ist schon ziemlich gewölbt und ich spüre die Bewegungen des Kindes darin. Mein Kind, ganz alleine. Und es wird ein besonderes Wesen werden, nach all dem, was Tante Gabriele und ihre Helfer da alles an Versuchen hineingesteckt haben.

Immerhin bin ich seit meinem Verschwinden aus Deutschland völlig clean: Keine Drogen, kein Alkohol. Dieses Zeug brauche ich nicht mehr und die ganzen Mittel und Medikamente, die in meinen Körper gepumpt wurden, die reichen sicher für ein ganzes Leben.

Mein altes Tagebuch habe ich mit einer wunderschönen Lederhülle versehen. Sie ist verziert mit Engelsflügeln und das Leder ist Rot. Tief Rot. Aber ich möchte es nicht lesen, noch nicht. Denn es birgt wohl meine größten Geheimnisse, welche ich selbst erst kennenlernen muss. Denn ich habe sie verdrängt, eingesperrt in dem letzten Winkel meiner Seele. Dieses Buch enthält all meine Taten. Es steht hier, welchen Weg ich ging, was ich lernen musste, um meine Engel zu erschaffen.

Ich selbst, ich weiß es einfach nicht mehr.

Ich habe ihn vergessen – den Weg zu den Flügeln.

Jetzt habe ich ein neues, ein reines Tagebuch. Bis

jetzt steht noch keine Zeile darin. Damit möchte ich erst beginnen, wenn ich das alte gelesen und auch verstanden habe.

Ich möchte gut sein in meinem Leben, gut zu meinem Kind, aber ... ich möchte auch böse sein.

Ich will sie einfach fliegen lassen, die vergessenen Flügel.

1

Die ersten morgendlichen Sonnenstrahlen bahnen sich ihren Weg durch die Fensterscheiben meines Hauses. Der Raum ist erfüllt von wohliger Wärme, und sie lässt mich noch etwas im Bett einkuscheln. Ich ziehe mir die Bettdecke bis zur Nasenspitze hoch und halte sie mit gekrümmten Fingern fest. So, als könnte ich nicht anders und läge immer noch im Bauch meiner geliebten Mutter, die ich wie wahnsinnig vermisse.

„Ich liebe dich doch, oder nicht?" Diese Frage brülle ich förmlich hinaus, bekomme jedoch darauf keine Antwort. Gibt es eine?

Die Gedanken haben sich teilweise geordnet und kommen nicht mehr so bruchstückhaft in mein einst so ruheloses, wirres, Alkohol- und drogenabhängiges Gehirn, denn ich bin jetzt clean. Alles ist irgendwie anders, denn ich spüre werdendes Leben in diesem gottverdammten, immer noch etwas desolaten Körper. Mein Leben, das nur mir gehören wird. Niemand wird es mir nehmen können, und ich werde für sie – ihn – sorgen. Es ist mir verdammt egal, ob es ein Mädchen oder ein Junge wird. Gesund soll es sein und allen Widrigkeiten des Lebens trotzen können. Ich werde diesem, meinem Kind einbläuen, sich niemals von Menschen traktieren zu lassen.

„Niemals, hörst du!", rede ich geradezu eindringlich auf mein ungeborenes Kind ein und streichle dazu zärtlich über den gewölbten Bauch.

Wie, als würde es mich verstehen, regt es sich und drückt mir seinen Fuß bestätigend gegen die Wirbelsäule. Ich spüre nicht wirklich einen Schmerz, denn ich liebe das kleine Wesen in mir jetzt schon.

„Niemand wird dich jemals enttäuschen, unnütz ärgern, dir seinen Willen aufdrücken wollen. Das verspreche ich dir hoch und heilig, mein geliebter Schatz."

Im Einvernehmen mit mir und dem Kind, fühle ich mich entspannt. Wärme strömt durch meinen Körper. Der Schlaf übermannt mich erneut, und ich werfe noch kurz einen müden Blick auf mein geöffnetes, neues Tagebuch, eingebunden in Leder – aber ohne Engelsflügel darauf – in dem noch kein einziges Wort meines neuen Lebensabschnittes steht.

Nur ein Satz deutet auf den Beginn und das Einläuten einer neuen Phase meines restlichen Lebens hin: „Dieses Kapitel meines Lebens ist abgeschlossen, und ich kann mit einem Neuen beginnen, in dem ich gut und böse sein darf."

Das alte Tagebuch lechzt danach und wartet darauf, von mir gelesen zu werden. Jedoch bin ich noch nicht bereit, meiner Vergangenheit ins Auge blicken zu können. Noch nicht. Ich beginne mit den Zeilen, wenn kein Blut mehr an meinen Händen klebt, das irgendwie nie trocknen will. Meine Zukunft soll sauber und jungfräulich rein sein; mich stolz und erhobenen Hauptes in den Spiegel blicken lassen. Erschöpft sinke ich in einen kurzen, traumlosen Schlaf.

Die Sonne steht bereits im Zenit und hat ihre volle Kraft entwickelt. Im Zimmer ist es inzwischen unerträglich heiß geworden, und ich werfe hastig die Bettdecke zurück. Niemand ist da, der mein weiteres, neues Leben beeinflussen könnte. Stille um mich herum. Nur das Zwitschern und Trällern der Vögel dringt leise durch die immer noch geschlossenen Fenster.

Weiterhin ist es für mich wie ein Wunder, dass dieses Haus meine Heimat geworden ist, es mir gehört, mir alleine und dass kein anderer Mensch sich in mein Leben einmischt, mich diktieren will.

In diesem Moment kommt mir Tante Gabriele in den Sinn. Kurz schließe ich wieder die Augen und sehe ihren leblosen, voluminösen Körper, der mich an einen Fleischberg erinnert und der in einer riesigen Blutlache liegt. Meine Fingerspitzen tauchen gedanklich in das noch warme Blut. Auf meiner Haut fühle ich angenehmes Prickeln.

Ein kleiner Anflug von Dank an Tante Gabriele flackert auf, immerhin hat sie dies hier alles bezahlt. Und auch für mein Kind hat sie vorgesorgt, dass es gesund und kräftig wird, gebaut auf den Wurzeln des stärksten Erbgutes. Denn in seinem Blut fließt unser Blut. Das der Familie, mit seiner ausgeprägten, starken DNA.

Sollte ich ein schlechtes Gewissen haben, weil ich

Tantchen umgebracht habe? Aber die Gelegenheit war so günstig, als sie da vor mir hilfesuchend herumtorkelte. Benommen und wehrlos gemacht durch die Injektion. Orientierungslos schwabbelte ihr fetter Körper mir entgegen. Panische Angst, dass sie wieder Oberhand gewinnen könnte, mich diktieren wollte ... das Messer vor mir ... ich griff danach und stach zu. Tief und kräftig. Ihr Körper sackte leblos zusammen, ein kurzer schwacher Laut aus ihrer Kehle und schon war es vorbei, mit ihrem Leben.

Zurück in der Gegenwart kann ich beruhigt und frei sagen: „Es ist schon gut, so wie es ist".

2

Wie gelähmt stehe ich da und lausche auf das Geräusch, das wie eine Kreissäge meine Behaglichkeit zerfetzt. Da sind zwei Stimmen in meinem Kopf, die auf mich einreden.

„Nun mach schon, geh hin. Sonst erfährst du ja nicht, wer da was von dir will!", fordert die eine mich auf. Sofort kreischt die andere los. „Bist du denn bescheuert, Sami? Hat doch kaum jemand deine Telefonnummer! Kann ja nur was Schlimmes bedeuten! Lass die Finger vom Telefon ..."

Ich kann mich nicht entscheiden, hinüberzugehen und abzunehmen. Es klingelt und klingelt ... und ich stehe einfach nur da und presse meine Hände an die pochenden Schläfen. Zergrüble mir den Kopf, wem ich meine Nummer gegeben habe. Den Banken, dem Grundstücksmakler, wem um alles in der Welt noch? Schweißperlen treten mir auf die Stirn, mein leichtes, weites Seidenhemd klebt mir unangenehm am Rücken fest, als ein Windstoß das Fenster aufdrückt und meinen feuchten Körper streift. Ich friere und schwitze gleichzeitig. Das Kind in meinem Bauch verpasst mir einen leichten Tritt, so als ob es mich auffordern will, meine Starre abzuschütteln.

Was, wenn es bei den Banken zu Nachfragen gekommen ist? Könnte irgendjemand Anspruch auf das Geld erhoben haben? Mir schwirren tausend Gedanken gleichzeitig durch den Kopf, ich kann sie nicht sortieren. Gibt es Probleme wegen dem Haus? Das wäre noch das Harmloseste, was mir einfällt! Das sarkastische Lachen, das durch den stillen Raum hallt, kann ich nicht mir selber zuordnen, aber sonst ist ja niemand hier. Oder?

Vorbei ist es mit der inneren Ruhe, die mich noch kurz zuvor erfüllt hat! Ich zittere, schlinge die Arme um meinen Oberkörper, wie um mich selbst zu schützen, als die Erinnerungen sich mit düsteren Ahnungen vermischen und mich bedrängen. Wird denn das Misstrauen nie aufhören? Ich habe doch alles so gut eingefädelt, um hier in Ruhe leben zu können! Werde ich mein Leben lang mit Ängsten vor irgendwelchen Gefahren zu kämpfen haben, egal ob eingebildet oder real?

Mitten in meine chaotischen Überlegungen hinein schrillt das Telefon erneut. Mit vorsichtigen Schritten, so als ob ich mich einem gefährlichen Raubtier nähern wolle, schleich ich hinüber zum Apparat. Bleibe stehen. Starre ihn an. Aber das nervige Klingeln hört nicht auf. Zittrig strecke ich den Arm aus, greife mit schweißnasser Hand nach dem Hörer. Er wiegt schwerer als Blei, als ich ihn ans Ohr heben will. Die Hand mit dem Hörer fällt runter. Ich drücke die Lautsprechertaste. Lausche mit angehaltenem Atem.

Stille. Dann ein unterdrücktes Keuchen, ein gepresstes

Atmen. Kein Wort. Nur dieses Atmen ...

Ich traue mich nicht, etwas zu sagen. Aber auch nicht, einfach aufzulegen. Feuchte Strähnen kleben an meinem Gesicht, ich kann sie nicht wegstreichen, denn dazu müsste ich die Tischkante loslassen, an der ich mich festgekrallt habe, um nicht zu Boden zu sacken. Warum sagt der am anderen Ende nichts? Was will er von mir? Komisch, in dem Moment weiß ich ganz genau, dass es ein „er" ist. Woher? Da ist auf einmal wieder diese Stimme in meinem Kopf, sie zischelt mir zu „Tu nicht so dämlich und unschuldig! Du weißt doch genau, wer das ist ..."

Abrupt hört das Atmen auf. Tot, die Leitung ist tot. Aber die nachfolgende Stille ist fast genauso bedrohlich für mich. Hektisch sehe ich mich im Raum um. Ich fühle mich wie ein Kind, das in allen Ecken des dunklen Kellers Monster vermutet. Und ich weiß, da *sind* Monster, die nur darauf warten, mich wieder in ihre Fänge zu kriegen! Die Ungeheuer meiner Erinnerungen, bereit, sich auf mich zu stürzen ...

Ich kann nicht mehr, lasse mich einfach auf das kalte Parkett sinken, unfähig, mich aufrecht zu halten. Ha, ich hatte wirklich gedacht, ich könnte von nun an aufrecht, mit geradem Rücken und erhobenem Kopf der Welt entgegentreten, hätte genug innere Stärke gesammelt für mich und mein Kind. Könnte unbelastet durch mein neues Leben gehen ... welch eine Illusion!

Ein Heulkrampf schüttelt mich, als ich die Schimären erkenne, die ich mir so schön geschaffen hatte.

Schluchzend streiche ich mir über den Bauch. Nein, der kleine Schatz soll nicht leiden unter meiner Verzweiflung. Für dieses neue Leben muss, will ich stark sein! Schniefend krieche ich zum Stuhl neben dem Telefontisch hinüber, ziehe mich daran hoch. Nun liege ich nicht mehr am Boden, wenigstens physisch nicht mehr. Vielleicht wirkt sich diese Erkenntnis auch auf meine innere Haltung aus!

Ich brauche etwas zu trinken, vom Weinen ist mein Hals ganz rau. In meiner schönen neuen Küche gibt es alles Mögliche an Getränken, aber ich stürze nur ein Glas klares Wasser hinunter. Das gibt mir irgendwie das Gefühl, trotz allem ein Teil von dem Natürlichen in der Welt zu sein, kein Ungeheuer, wie Tante Gabriele und ihr niederträchtiger Haufen an Gefolgsleuten mir immer einreden wollten.

Erneut lege ich meine Hände auf den gewölbten Bauch, fühle das in mir wachsende Leben, versuche ruhig und gleichmäßig zu atmen und mich zu sammeln. So, Sami, nun denk mal ganz ohne Emotionen nach! Was könnte dieser merkwürdige Anruf bedeuten? Wer will dich erschrecken, dich vor lauter Angst handlungsunfähig machen? Möglicherweise deinem Kind schaden?

Die warmen Farbtöne der Landshausküche geben mir Geborgenheit, und ich entspanne mich ein wenig. Durch das geöffnete Fenster weht ein Hauch von Blütenduft, vermischt mit dem Geruch warmer, sonnengesättigter Erde herein. Nein, hier lasse ich mich nicht vertreiben. Von niemandem!

Tief durchatmend stemme ich mich von meinem Stuhl hoch, drücke die Hände in den Rücken und gehe zum Fenster. Ach, es tut einfach gut, sich hinauszulehnen und den Blick auf friedliches Grün und die leuchtenden Farben des Gartens genießen zu können ...

Hier soll mein Kind aufwachsen, ohne irgendwelche Schatten der Vergangenheit! Das heißt aber, dass ich dafür sorgen muss, dass diese Schatten verschwinden.

Während eine Biene direkt vor meiner Nase vorbei summt und der warme Wind meine feuchten, immer noch klebrigen Haare streichelt, schleicht sich eine Frage hinterlistig und bösartig in meine sonnigen Zukunftsgedanken.

Wo war damals eigentlich Franky geblieben? ...

3

Bevor ich mich noch einmal einkuschelte, dachte ich, mein Leben gehört mir und niemand wird es mir nehmen. Und jetzt die Sache mit dem Telefon. Ist dieser Anruf nun Zufall oder eiskaltes Kalkül? Hat sich hier wirklich nur jemand verwählt oder trifft es zu, was ich gerade fühle. Etwas, was mich innerlich erschaudern lässt und mir mein neugewonnenes heiles Weltbild zerstört. Ist hier und jetzt mein langgehegter Traum nach Freiheit schon wieder zu Ende? Meine Gedanken überschlagen sich. In meinem Kopf ist nur noch Platz für einen Namen – Doktor Frankenstein.

Ab sofort beherrscht er wieder mein gesamtes Denken. Ich schließe für einen Moment die Augen, halte den Atem an und wünsche mir, dass die Zeit innehält. Ja, innehält! Nur, um das jetzt auf mich Zukommende so lange wie möglich von mir fernzuhalten. Doch es bleibt ein Wunsch, denn die Zeit hört nicht auf mich, erkennt nicht mein inneres Flehen, weiß nichts von meinem durchlebten Leid, den Schmerz, der mich nicht zur Ruhe kommen lässt und immer und immer wieder gnadenlos auf mich eindrischt, ja mich förmlich zerreißt – so verrinnt sie, die Zeit – ohne Erbarmen – Sekunde um Sekunde, wie der stete Tropfen eines defekten Wasserhahns.

Mir bleibt wohl kein anderer Ausweg, so ungerne ich diesen Schritt auch gehen möchte. Ich muss hier weg! Ade, du neu gewonnene Freiheit, wie gewonnen, so zerronnen.

Ja, ja, sag ich mir selbst. In dieser Einöde ist es zwar wunderschön, aber hier bin ich jedem schutzlos ausgeliefert. Ein Punkt, den ich bei meinem Fluchtplan nicht bedacht habe. Ringsum Wiesen, endlos lange Wege auf einer endlos scheinenden Ebene. Die Wälder kann ich sehen, doch die Baumriesen und das schützende Unterholz sind für mich nicht auf die Schnelle erreichbar ... Was ich jetzt brauche, ist das quirlige Treiben einer Großstadt, in der ich untertauchen, mich verstecken oder auch schnell entfliehen kann. Wie konnte ich nur so dumm sein und glauben, auf irgendeinem Fleck dieser Welt vor *ihm* in Sicherheit zu sein ... mein Gott, bin ich naiv.

Da ich jetzt geldmäßig unabhängig bin, kann ich mir das Kofferpacken sparen, denn Klamotten kann ich mir überall kaufen.

Ich raffe also meine sieben Sachen zusammen, nur das Nötigste für den täglichen Gebrauch, da keimt ein schrecklicher Gedanke in mir und ich versuche, mich krampfhaft zurück zu erinnern.

Nachdem ich den Ort des Schreckens verlassen hatte, den, an dem Gabriele ihr Lebenslicht aushauchte, konnte ich mich des Gefühls nicht erwehren, verfolgt zu werden. An den verschiedensten Orten schlug meine innere Stimme Alarm und ich bildete mir sogar ein, immerfort einen jungen Mann zu sehen, der urplötzlich wieder verschwand. Franky war nicht der Typ, unerledigte Dinge zurückzulassen. Ich weiß bis heute nicht, warum er sich buchstäblich in Luft aufgelöst hat. Auf der anderen Seite, so meine Vermutung, kann er momentan nichts weiter tun, als sich bedeckt zu halten. Die Fette hat er vom Hals, um die braucht er sich nicht mehr zu kümmern. Jetzt geht es nur noch darum zu warten, bis ich ihm das Baby liefere, dazu muss er allerdings wissen, wo ich mich aufhalte. Also ist der Gedanke an eine Beschattung gar nicht so abwegig. Er muss es ja nicht selbst tun.

Ich werde ihm etwas husten und gehe meinen eigenen Weg. Das Tanten-Monster hat es mir möglich gemacht, mit seinem Geld meine eigenen Entscheidungen zu treffen und ich werde diese Chance nicht ungenützt lassen.

Das alles regt mich auf, mein Körper verkrampft sich, seit langem das erste Mal, und das Baby tut sein Übriges. Ich bin mir sicher, es spürt die Unruhe, tritt mich von innen als wolle es sagen … hör auf, komm endlich zur Ruhe.

„Du hast recht, mein Kleines", seufze ich und setze mich. Ich schließe die Augen, atme ein paar Mal tief durch und merke nach kurzer Zeit, wie mein Körper langsam herunterfährt.

Ich bestelle mir telefonisch ein Taxi. Es dauert zwei Stunden, bis es endlich vorfährt, doch so habe ich Zeit, das Notwendigste zu packen.

Gut verschlossen hinterlasse ich das Haus, steige in den Wagen und gebe dem Fahrer Graz als mein Ziel an. Der mustert mich skeptisch. Ich war ihm wohl zu jung für eine hundert Kilometer Tour, denn Graz liegt nicht gerade ums Eck.

„Keine Sorge, der Herr! Ich bin ohne weiteres in der Lage, die Fahrt zu bezahlen." Schmunzelnd halte ich ihm ein paar hundert Euro Scheine unter die Nase, worauf er zufrieden lächelt und Gas gibt.

Nach zweieinhalb Stunden hält mein Fahrer im Grazer Zentrum, in der Sackgasse 3, vor dem Hotel Palais – Erzherzog Johann.

Ich habe einen Plan, entlohne den Mann am Lenkrad und sage, während ich etwas behäbig aus dem Wagen steige: „Vielen Dank, es war sehr angenehm, mit Ihnen zu fahren."

„Ganz meinerseits", erwidert der Fahrer, tippt lächelnd mit dem rechten Zeigefinger an seine Schirmmütze. Ich werfe die Autotür hinter mir zu, das Taxi fährt ab und taucht unter im Verkehrsgewühl.

Drei Atemzüge darauf betrete ich das Hotel und wende mich an die Rezeption.

„Ein Zimmer für ein oder zwei Nächte", lautet mein Wunsch, aber auch hier stört man sich an meiner Jugend. Erst als ich zu verstehen gebe, dass ich im Voraus bezahle, ziert ein Lächeln das Gesicht des Empfangschefs.

Mit einem Pagen, der mich begleitet und mir den

Weg durch die Gänge weist, erreiche ich mein Zimmer. Das, was ich sehe, entzückt mich.

„Hier kannst du dich wohlfühlen", sage ich mir, doch es passt nicht zu meinem Plan. Wenige Minuten später verlasse ich das Zimmer wieder, jedoch nicht, ohne vorher das Schild mit der Aufschrift „Bitte nicht stören" an der Tür zu befestigen. Klammheimlich benütze ich die Fluchtstiege und verschwinde in dem inzwischen abendlichen Straßengewühl.

Zwei, drei Straßenzüge und mehrere Ecken weiter, entdecke ich in der Bürgergasse 14 das Hotel zum Dom - Palais Inzaghi. Ich lächle in mich hinein, denn wie es scheint, geht mein Plan auf.

Auch in diesem Hotel nehme ich mir ein Zimmer, bezahle im Voraus und verschanze mich in meinem kurzzeitig gemieteten Zuhause. Für heute Nacht werde ich wohl sicher sein, denke ich, denn ich bin der festen Überzeugung, dass mein kleiner Trick mit dem Hotelwechsel mich ruhig schlafen lässt. Ein Denkfehler!

Ein Flachbild Fernseher steht auf einer Hochglanz polierten Kommode am Fußende meines Bettes und überhaupt scheint hier alles zu glänzen. Dem Zimmermädchen ist, so ich sehen kann, kein Stäubchen entgangen. Das Fernsehprogramm wird mich ablenken, und so nehme ich die Fernbedienung zur Hand.

Aber meine Gedanken, meine Gefühle, meine innere Unruhe und das Geschehene der vergangenen Tage lassen es einfach nicht zu, mich auf das Programm zu konzentrieren. Einem unscharfen Film gleich, flackerte das TV Bild an mir vorbei, bis ich irgendwann in einen unruhigen Halbschlaf versinke, der zu einem Albtraum ausartet.

Wieder und immer wieder drängen sich die grausamen Bilder meiner jüngsten Vergangenheit in mein Unterbewusstsein. Meine toten Eltern, Tante Gabrieles starr blickende Augen, Hermanns lebloser Körper, der mit halboffenen Augen in seiner eigenen Blutlache liegt, zwischendurch die gequälten und am Baum hängenden Katzen. Meine Mutter schiebt sich dazwischen, sie lächelt, legt mir meine bunte Kuscheldecke um und gibt mir einen Kuss. Brutal schiebt sich die ermordete Familie aus dem Berliner Haus dazwischen, die auf gemalten weißen Flügeln mir entgegenzuschweben scheint, während der Teddy des Kindes mich mit blutigen Pfoten zu sich hin winkt. Plötzlich erscheint Gregor, dieser Arzt, kommt mit einer Spritze auf mich zu, während der Collie jämmerlich zu jaulen beginnt. Im Hintergrund feiern meine Freunde Kuckuck, Max, Gun, Zero, Quenni und Samuel in ihrem ausgelassenen Alkoholrausch eine Drogenparty. Auch Doktor Frankenstein drängt sich ins Bild, kommt mit einem Skalpell bewaffnet auf mich zu und ruft: „Jetzt hol ich mir mein Baby, Sami. Jetzt hol ich mir das Kind!" und beendet den Satz mit einem irren Lachen.

Ein lauter Knall lässt mich erwachen und das nachrollende Grollen verrät mir, dass ein Gewitter über die

Stadt hinweg zieht. Ein weißgreller Blitz erhellt das Zimmer kurzzeitig, ich bin noch nicht richtig bei mir und zucke zusammen. Meine Hände, meine Füße, ja mein ganzer Körper, sind eiskalt, obwohl ich schweißgebadet bin. Mein Laken ist pitschnass und die Bettdecke liegt zerwühlt auf dem Boden vor meinem Bett.

Es ist sechs Uhr fünfzehn, der neue Tag gerade erwacht. Mir tun die Augen weh. Ich fühle mich schlecht, wie durch die Mangel gedreht. Mein Schädel brummt, ich habe Kopfschmerzen. Dem Druck nach zu urteilen, der auf meinem Hirn lastet, muss es jeden Moment explodieren. Langsam erhebe ich mich, schleppe mich zum Bad. Das gleichmäßige Plätschern des einlaufenden Wassers beruhigt mich.

Kaum eine Viertelstunde später kann ich, Gott lob, schon ohne meinem fiesen Kopfschmerz das Bad genießen. Ich lasse mir Zeit, bleibe so lange im Wasser, bis es fast kalt ist, dann steige ich heraus, ziehe mich an und verlasse das Hotel.

In einem kleinen gemütlichen Café, gegenüber dem KM Künstlerhaus mit Blick auf den Stadtpark, bestelle ich mir ein kleines Frühstück. Ganz bewusst genieße ich mein Brötchen und den ersten Kaffee nicht in den Hotels, in denen ich eingecheckt habe. Wenn mich wirklich jemand verfolgt, will ich es ihm so schwer wie möglich machen.

Die Zeit vergeht rasch und ich mache mich auf, mir ein paar Sachen zu besorgen. Ich kann ja nicht ständig in den gleichen Klamotten herumlaufen. Allerdings bin ich mir nicht sicher, wie hoch das Risiko ist, so einfach durchs Zentrum zu marschieren. Ich schätze, nicht allzu groß – schließlich hab ich alles Erdenkliche dafür getan, unsichtbar zu sein – so meine Überlegung.

Trotz allem ertappe ich mich immer wieder beim Blick ins Schaufenster, suche im gläsernen Spiegelbild oder auch im Rückspiegel parkender Autos nach mir bekannten Gesichtern. Insgeheim liegt meine Hoffnung darin, Samuels Gesicht in einem der Spiegelbilder zu entdecken, doch das wird ein Wunschtraum bleiben. Schade!

Nur Frankenstein traue ich nicht über den Weg. Einerseits besitzt er ein auffälliges Erscheinungsbild, auf der anderen Seite ist er ein Meister der Tarnung. Franky benötigt nur wenige Utensilien, um sich blitzschnell in einen völlig anderen Menschen zu verwandeln. In eine Person, die neben einem steht und doch unerkannt bleibt .

Irgendwann fühle ich mich so richtig im Kaufrausch, kann ich doch jetzt kaufen was ich will, ohne einen Gedanken an fehlende Barmittel zu verschwenden. Mit mehreren Einkaufstüten in der Hand stehe ich am Bordstein, eine Verkehrslücke abwartend.

Plötzlich legt sich eine Hand auf meine Schulter. Ich erstarre, einem Herzstillstand nahe, zittern mir die Knie. In meinem Geist sehe ich Franky vor mir ... hat er mich doch gefunden, das Schwein. Ich verstehe die Welt nicht mehr. Hat er mir vielleicht einen Sender unter die Haut gepflanzt. Aber nein, dann braucht er mich ja nicht zu überwachen. Oder doch? Meine Gedanken überschlagen sich förmlich. Mein ganzer Körper vibriert, steht unter Hochspannung, als ich mich ganz langsam umdrehe.

Zu meinem größten Erstaunen schaue ich in das Gesicht eines jungen Mannes, mittelblond, einen halben Kopf größer als ich, schlank, ovales Gesicht und bernsteinfarbene Augen. Irgendwie sympathisch. Ich weiß nicht warum, aber er sieht aus wie mein Vater, als er noch jung war.

„Samantha?" Seine Stimme klingt fragend.

Ich nicke, wie in Trance.

Der junge Mann setzt an, um etwas zu sagen, doch dazu kommt er nicht mehr. Wie vom Blitz getroffen versteift sich sein Körper, ähnlich einer militärischen Habtachtstellung, seine Augen weiten sich, das Blut entweicht seinem Gesicht und aus dem offenen Mund dringt nur ein unartikuliertes Gurgeln, dann bricht er zusammen. Auf seinem Rücken bildet sich in Höhe des Schulterblattes ein roter Fleck, der langsam an Größe gewinnt.

Ich beuge mich hinunter, um zu hören, was er mir sagen will: „Sam ... Samantha. Ich, ich bin unseres Vaters Jugendsünde. Wir haben einen gemeinsamen Vater. Sam ... ich bin dein Bruder!"

4

„Das kann nicht sein, das ist nicht wahr", denke ich und bemerke, wie sich Menschen um uns herum versammeln.

„Was ist mit ihm? Geht es Ihnen gut?", höre ich wie durch einen Nebel zu mir durchdringen. Unbeholfen richte ich mich auf.

„Ich...ich weiß nicht", stottere ich und sehe, wie sich ein Mann über meinen vermeintlichen Bruder beugt.

„Er ist verletzt und blutet. Man sollte einen Krankenwagen verständigen." Der Fremde erhebt sich, starrt mich an und will wissen: „Kennen Sie diesen Mann?" Er zeigt mit dem Finger auf den am Boden Liegenden.

„N...Nein. Ich habe ihn noch nie gesehen." Hastig fahre ich mit beiden Händen über meinen Bauch. Mein kleiner Liebling scheint solche Aufregung nicht zu mögen, denn er tritt wieder heftig gegen meine Blase. Ich muss dringend eine Toilette aufsuchen, aber der Blick des Mannes nagelt mich förmlich an Ort und Stelle fest.

„Wir sollten die Polizei und einen Krankenwagen rufen", tönt plötzlich eine Stimme aus der Gruppe. Viele Umstehende nicken zustimmend oder geben bejahende Kommentare ab.

Ich merke, wie mir der Schweiß ausbricht und sage

mit angestrengter, fester Stimme: „Ich muss auf eine Toilette. Sie sehen ja, mein Zustand. Ich bin schwanger."

Das klang jetzt beinahe entschuldigend, doch der Wortführer bietet mir seinen Arm an. „Gehen wir hier ein Stück weiter. Da ist ein kleines Café."

Dankbar hake ich mich bei ihm unter und höre noch, wie einer der Passanten laut in sein Handy spricht und den Notruf alarmiert. In meinem Kopf wirbeln die Worte umher: „Ich bin dein Bruder."

Ich versuche konzentriert nachzudenken. Dieser Mann, der mich hierher gebracht hat, ist ein Fremder. Ich habe ihn zuvor nie gesehen. Ist er vertrauenswürdig? „Sam", ermahne ich mich, „Du mit Deinem blöden Vertrauen! Es hat dir selten etwas Gutes gebracht. Also hör auf damit!"

Betont langsam begebe ich mich zum Waschbecken, reinige meine Hände und klatsche mir kaltes Wasser ins Gesicht. Irgendwie fühle ich mich nun besser und auch das Kleine in mir scheint sich beruhigt zu haben. Ich schlucke zweimal und kehre hocherhobenen Hauptes in die Gaststube des Cafés zurück. Schon von weitem sehe ich meinen ‚Retter' an einem Tisch sitzen.

„Wie geht es Ihnen?", fragt er besorgt, noch ehe ich den Platz erreicht habe.

„Besser", murmle ich und schiebe mich umständlich auf einen Stuhl genau ihm gegenüber.

„Ich habe uns einen Kaffee bestellt", sagt er freundlich. „Damit Sie wieder auf die Beine kommen."

Dankbar lege ich beide Hände um die warme Tasse, die bereits serviert wurde und blicke langsam zu ihm hoch. „Warum tun Sie das für mich?" Ich weiß gar nicht, warum ich ihm diese Frage überhaupt stelle. Vielleicht einfach nur, um die peinliche Stille zu überbrücken.

Seine Mimik drückt Verblüffung aus, als er antwortet: „Vor Ihren Augen wurde ein Mann niedergeschossen, Sie sind schwanger, was man nicht übersehen kann. Da ist es doch für jeden normalen Menschen eine Pflicht, zu helfen."

Diese Antwort leuchtet mir ein, obwohl ... warum hat dieser Fremde mir geholfen und nicht irgendein anderer? Ich überlege schon wieder zu viel ...

Vielleicht bringt mich ein Schluck Kaffee auf andere Gedanken. Ich will gerade die Tasse hochheben, als mir wieder die Worte in den Sinn kommen: „Ich bin dein Bruder Sam." Mit zitternden Händen stelle ich die Kaffeetasse zurück.

Der Fremde sieht mich besorgt an. Ob er spürt, dass ich mich diesem Verletzten seltsam verbunden fühle? „Der Mann wurde in ein Krankenhaus gebracht", teilt mein Helfer mir mit. „Ich bin nochmal kurz auf die Straße gegangen, als Sie auf der Toilette waren, und habe gesehen, wie er abtransportiert wurde."

Nach einem Nicken meinerseits fügt er hinzu: „Die Polizei will sicher noch mit Ihnen sprechen ..."

Ich springe hoch, der Stuhl scheint zu kippen, der

Tisch gerät ins Schwanken, die Tasse klappert. Die übrigen Gäste verstummen und sehen zu uns herüber.

„Keine Polizei!" Ich deute mit dem rechten Zeigefinger auf ihn. „Keine Polizei!", wiederhole ich.

Er erhebt sich, als er sieht, wie ich mich krampfhaft an dem Tisch festhalte.

Die Bedienung kommt und fragt besorgt: „Ist alles in Ordnung?"

Mit einer kurzen Handbewegung scheucht er sie weg.

Das winzige Etwas in mir macht sich wieder bemerkbar und tritt mich so heftig, dass ich zusammenzucke und mich mit der freien Hand auch noch an dem Stuhl festhalten muss.

Mein Begleiter kommt um den Tisch herum.

„Ich bezahle jetzt!", sagt er bestimmt. „Sie kommen dann mit zu mir. Mein Name ist Gernot Kasting. Ich bin Schriftsteller. Ich schreibe über ungeklärte Mordfälle. Wenn Sie möchten, dürfen Sie mir später auch etwas über sich erzählen."

Es ist alles zu viel für mich und ohne etwas zu entgegnen, folge ich ihm. Ich werde ihm nichts erzählen, das habe ich mir vorgenommen. Mein Leben ist ein einziger Albtraum, eine Spirale von Schrecknissen und Widerwärtigkeiten. Ich resigniere, also ist es auch egal, wenn ich mit diesem Gernot Kasting, oder wie immer er heißen mag, mitgehe. Er wird mir nichts tun – und das Wichtigste ist doch, dass mein Baby geschützt ist.

Eigentlich will ich auch nicht wissen, wer der Mann

ist, der behauptet, mein Bruder zu sein. Ich wurde in meinem Leben schon so oft manipuliert, belogen und betrogen. Es spielt doch keine Rolle mehr, ob mein geliebter Vater ein Doppelleben geführt hat, meine Mutter, und ja, auch mich betrogen hat. Wie ein Blitz schießt es in meine Gedanken: Da war dieses Gespräch mit meinen Eltern und einer Frau, die Tante Gabriele ähnlich sah. Mein Vater hat sie damals aus dem Haus gewiesen. Ich frage mich, ob ‚mein Bruder' damals das Gesprächsthema zwischen den Erwachsenen war.

„Sam, hör auf", ermahne ich mich. „Du machst dich kaputt."

Fast willenlos folge ich Gernot zu seinem Auto. „Ungeklärte Kriminalfälle", dröhnt es in meinem Kopf. Bin ich schon wieder in etwas hineingeraten, was ich auf gar keinen Fall haben will? Er öffnet mir die Beifahrertür seines Polos und hilft mir beim Einsteigen, indem er mir leicht unter die Arme greift. Ich atme erleichtert auf, als ich mich in dem Sitz zurücksinken lasse.

Wenige Sekunden später sitzt er neben mir, umfasst das Lenkrad und beugt sich leicht zu mir herüber. „Wie heißt du?"

Die Stimmung ändert sich urplötzlich. Von dem förmlichen ‚Sie' ist er in das vertrauliche ‚Du' übergesprungen. Ich fühle mich ein wenig unwohl, denn das hier ist sein Wagen, also auch sein Revier. Ich verkrampfe mich ein wenig, dann kommt mir spontan über die Lippen: „Sabine". Wie tief sollte ich noch sinken, selbst meinen

Namen verleumde ich. Mein Leben ist nicht wahr – das kann alles nicht sein.

„Also, Sabine. Dann fahren wir jetzt zu mir und, wie gesagt, wenn du magst, kannst du mir etwas über dich erzählen. Ich bin ein guter Koch und kann uns etwas zu essen machen. Du musst essen", sagte er mit einem Blick auf meinen Bauch.

„Ist doch eh alles scheißegal", denke ich und schließe resigniert die Augen.

Die Fahrt dauert keine zwanzig Minuten. Gernot wohnt in einem sehr schönen Außenbezirk von Graz. Viele Gärten mit bunten Blumen, Bäumen und gepflegten Häusern. Als ich seinen Polo sah, dachte ich zuerst, er schleppt mich in eine kleine Studentenbude ab. Aber das hier hatte echt Stil.

Er hält vor einem schmucken Einfamilienhaus mit sehr schönem Garten und dreht sich zu mir. „Wir sind da, Sabine."

Schon jetzt hasse ich es, wenn er diesen Namen benutzt, aber ich bin ja selbst schuld. Ich löse den Sicherheitsgurt und öffne die Beifahrertür. Schon ist Gernot zur Stelle und reicht mir seine Hand, um mir beim Aussteigen behilflich zu sein. Da ich sehr erschöpft bin, lasse ich mir gerne helfen.

Er schließt die Tür und danach mit der Fernbedienung das Auto ab. Auf den wenigen Metern zu seinem Haus erklärt er: „Ich habe es von meinen Eltern geerbt, die bei einem schrecklichen Vorfall ums Leben kamen."

Flash: Der Bericht in der Zeitung, die Morde in Österreich, die mit den Morden an meinen Eltern verglichen wurden. Ich schwanke, Gernots Griff wird fester. „Komm ins Haus und setz dich. Nach dem Essen geht es dir bestimmt besser." Er geleitet mich behutsam zur Wohnungstür, hält mich in seinem linken Arm fest und schließt mit dem rechten die Tür auf.

Gernot führt mich in ein Wohnzimmer, welches sehr geschmackvoll eingerichtet ist und bugsiert mich auf einen roten Lesesessel mit hoher Rückenlehne, in den ich mich förmlich fallen lasse.

„Ach ja", sagt mein Gastgeber schließlich, „ich habe dir doch gesagt, dass ich Schriftsteller bin und über ungeklärte Kriminalfälle schreibe."

Ich sehe ihn nur an, ohne etwas zu sagen.

Nach einer Atempause fährt er fort: „Wir haben heute noch einen Gast."

Das Wohnzimmer, in dem ich sitze, hat zwei Türen: die, durch die wir gekommen sind und eine, die sich hinter mir befindet. Ich höre, wie diese geöffnet wird, kann aber nicht sehen, wer den Raum betritt. Ich stütze mich auf die Armlehne des Sessels und drücke mich hoch.

Vor mir steht der Kommissar, der mich in Berlin in dem Krankenhaus verhört hat. Jener Kommissar, der beteuert hat, dass ich keine Angst zu haben brauche, weil er mir helfen will.

5

„Sam?", murmelt der Kommissar und runzelt die Stirn. Seine Überraschung bleibt mir nicht verborgen.

Ungläubig starre ich ihn an. Wie kann das sein? Was in Gottes Namen macht der Kommissar hier in diesem Haus? Der Schrecken trifft mich härter denn je. Ich fühle die Kraft in meinen Beinen schwinden. Mein Herz rast, Schweißperlen treten auf meine Stirn. Und dann raubt mir ein unglaublich heftiger Schmerz in meinem Unterleib den letzten Atem. Ich sacke zusammen, alles ist schwarz.

Noch immer mit starken Schmerzen komme ich langsam zu mir. „Das Baby, das Baby… mein Baby!", ist mein erster Gedanke. „Oh bitte, lieber Gott, wenn es dich gibt, lass alles gut sein!"

Lärm und Unruhe umgibt mich. Bis ich die Augen aufschlage, um zu sehen wo ich bin, vergeht eine gefühlte Ewigkeit. Ich erkenne hastig umher laufende Krankenschwestern. Ein Arzt, der sich gerade hinter einer Sichtscheibe mit Gernot unterhalten hat, kommt nun auf mich zu.

„Frau Sabine", er tritt an mein Bett heran, „wie geht es Ihnen?"

Gernot wird ihm diesen Namen genannt haben. Sein ernster Gesichtsausdruck erweckt in mir eine neue, bisher völlig unbekannte Angst. Die Angst um mein ungeborenes Kind. Ich versuche zu antworten, doch meine Stimme versagt.

„Es haben vorzeitige Wehen eingesetzt und Blutungen sind eingetreten."

Mein Herz schlägt schneller und schneller. Mit einem geschulten Blick auf den Bildschirm erkennt der Arzt die Brisanz meiner steigenden Unruhe.

„Frau Sabine, versuchen Sie sich zu beruhigen." Sanft legt er seine Hand auf meinen Arm, „Sie haben Medikamente bekommen. Für den Moment haben wir alles unter Kontrolle. Doch Sie müssen uns helfen. Kommen Sie bitte zur Ruhe."

Alles was ich jetzt denken kann ist, um Gottes Willen. Wieso? Wie konnte es jetzt schon wieder so weit kommen? Dieses Kind ist alles was ich habe, es ist meine Vergangenheit und meine Zukunft. Sollte es mir jetzt genommen werden? Welch' ein ruhiges Leben hatte ich noch vor ein paar Tagen in meinem wundervollen Haus? Wie schön wäre unsere Zukunft dort gewesen? Nun muss ich um das Leben meines Kindes bangen. Haben wir noch eine Chance? Meine sorgevollen Überlegungen zerreißen mir fast das Herz. Ich fühle mich müde und schwach.

„Sie haben, Ihren Umständen entsprechend, ein leichtes Beruhigungsmittel bekommen. Es wird bald wirken. Versuchen Sie ein wenig zu schlafen. Ich schaue später noch einmal nach Ihnen." Mit diesen Worten verlässt der Arzt das Zimmer und lässt mich allein. Für einen Moment schließe ich die Augen. Nur wenige Minuten später, als ich mich erneut im Zimmer umsehe, erkenne ich hinter der Sichtscheibe meinen angeblichen Bruder. Unsere Blicke treffen sich kurz, bevor ich in einen traumlosen Schlaf sinke.

Als ich wieder erwache, ist es bereits Nacht. Nur ein leichter Lichtschein unter der Tür erhellt ein wenig das Zimmer. Ich fühle mich etwas besser und in mir regt sich der Gedanke, flüchten zu müssen. Aber kann ich das verantworten? Wie hoch ist das Risiko für mein Kind? War der Mann hinter dem Fenster wirklich mein Bruder? Selbst wenn nicht, er kennt meinen richtigen Namen.

Durch die hereinkommende Nachtschwester werden meine Überlegungen unterbrochen.

„Frau Sabine, Sie sind wach? Ich wollte kurz nach Ihnen sehen." Die Schwester wirft einen Blick auf das CTG. Fragend sehe ich sie an.

„Machen Sie sich keine Sorgen", sagt sie beruhigend. „Die Werte sind wieder normal. Ich denke, das Gröbste haben Sie überstanden. Sie brauchen noch viel Ruhe. Aber dem Kind geht es gut." Endlich schließt sie mich vom CTG ab.

Erleichtert atme ich tief durch und sehe der Schwester nach, wie sie das Krankenzimmer verlässt. Ihren Gute-Nacht-Gruß nehme ich kaum wahr, da ich mich bereits frage „Wo sind meine Sachen? Wie komme ich hier heraus?"

Vorsichtig setze ich mich auf und warte einen Moment, ob mein Kreislauf stabil bleibt. Gleichzeitig durchsuchen meine Augen den Raum nach meinen persönlichen Sachen. Endlich fühle ich mich stark genug, um mein Bett zu verlassen. Nur langsame Bewegungen sind mir möglich und ich muss mich mit einer Hand festhalten, um nicht den Halt zu verlieren.

Meine Panik ist unbegründet. Denn die Handtasche steht in meinem Nachttisch. Auf den ersten Blick scheint der Inhalt vollständig zu sein, aber ich möchte sichergehen. Stück für Stück nehme ich heraus und lege die Gegenstände auf das Bett. Geldbörse, Ausweis, Haarbürste, Taschenmesser, Hotelschlüssel ... alles da ... nur... das alte Tagebuch fehlt! Ich habe es vor der Abreise doch noch eingesteckt, in das Extrafach der Handtasche. Es sollte niemandem in die Hände fallen, nun ist genau dies passiert. Ich muss es suchen, unbedingt wiederhaben. Die Zukunft meines Kindes hängt davon ab.

Meine Kleidung liegt fein zusammengelegt im Kleiderschrank des Krankenzimmers. Ich bin hier also keine Gefangene. Trotzdem wäre eine unbemerkte Flucht besser. Rasch ziehe mich an, mein Kreislauf ist stabiler geworden, und verlasse das Zimmer. Nachdem ich mich vergewissert habe, dass der Flur menschenleer ist, schleiche ich mich zum Notausgang. Das kaum ausreichende

Licht im Treppenhaus führt mich abwärts und hinaus in den Hinterhof. Ich unterdrücke den Drang, loszulaufen. Mit dem ständigen Gedanken ruhig zu bleiben und mich nicht aufzuregen, immer im Schatten der Hauswände, suche ich den Weg zu meinem Zimmer im Dom-Palais.

Plötzlich höre ich ein kratzendes Geräusch. Ich presse mich an die kalte Hauswand und halte den Atem an, um zu hören, woher es kommt. Da! Wieder dieses Kratzen. Sekunden später springt eine Katze aus einem Hauseingang, rennt über die Straße und verschwindet in der Dunkelheit der Nacht. Ich halte meinen Bauch und atme erleichtert aus.

„Ruhig", denke ich, „ganz ruhig." Einen kurzen Moment verharre ich noch, dann gehe ich weiter. Ich komme an dem Café vorbei, in dem ich morgens gefrühstückt habe. Weit ist es nicht mehr zum Hotel. Ein mulmiges Gefühl überkommt mich. Als ich an der nächsten Ecke abbiege, sehe ich den Hoteleingang. Ich überlege, ob ich nach einem Hintereingang suchen soll. Aber mein Unterleib fängt wieder an zu schmerzen, daher wähle ich den direkten Weg ins Hotel. Ich drehe mich noch einmal um und sehe einen Schatten beiseite springen. Schnell haste ich ins sichere Gebäude.

Froh und erschöpft trete ich in mein dunkles Hotelzimmer, möchte sofort die Vorhänge schließen. Am Fenster stehend sehe ich auf der anderen Straßenseite den dunklen Schatten, aber niemanden, zu dem er zu gehören scheint! Groß, bedrohlich und Angst einflößend.

6

Ich schließe die Augen für einen Moment, will nichts mehr sehen, mich in mein Bett fallen lassen und mit dem kleinen Wesen in mir Zwiegespräche führen. Als ich die Augen wieder öffne, ist der Mann verschwunden. Ich bin sicher, dass es ein Mann war, der zu mir hochgesehen hat. Ich denke verzweifelt an meinen Vater.

Dad kannst du uns sehen, dein Enkelkind und deine Tochter?

Ich sehe den blonden jungen Mann neben mir auf der Straße zusammensinken, sehe ihn hinter der Glasfront im Krankenhaus. Ist er wirklich mein Bruder? Und warum ist er nicht tot? Die Wunde zwischen den Schulterblättern musste doch tödlich gewesen sein. Hatte ich mir das alles nur eingebildet?

Ein Blick aus dem Fenster genügt. Da draußen ist niemand mehr, ich kann von meinem Fenster aus die Straße gut überblicken. Das Pflaster ist nass vom Regen. Straßenlaternen werfen ihr blasses Licht in die Nacht. Ich schließe die Vorhänge.

Ich muss schlafen. Vorsichtig lasse ich mich auf dem Bett nieder. Ich bin offenbar eingeschlafen bevor mein Kopf das Kissen berührt hat.

Ein leises Klopfen an der Tür weckt mich. Erschrocken sehe ich auf die Uhr.

„Wer ist da?"

„Zimmerservice!"

„Kommen Sie später wieder."

Ich habe vergessen, das Schild, ,Bitte nicht stören' hinauszuhängen. Merkwürdigerweise fühle ich mich heute Morgen sicherer als gestern Abend. Die Gestalt vor dem Hotel konnte irgendjemand gewesen sein, der nichts mir zu tun haben musste.

Ich dusche ausgiebig, trockne mir die Haare mit dem hoteleigenen Föhn und gehe in den Frühstücksraum hinunter.

Der Portier hält mich auf. „Ich habe einen Brief für Sie."

Mit einem Schlag ist die Unruhe wieder da. Mit zitternden Händen nehme ich den Umschlag, den er mir reicht.

„Danke."

In dem hellen Frühstückszimmer sind alle Tische, bis auf einen besetzt. Dieser Tisch befindet sich nahe der Tür, durch die man in einen kleinen, begrünten Innenhof gelangt. Seine Mauern sind von wildem Wein überwuchert.

Eine kleine hölzerne Pforte unterbricht die grüne Wand.

Es gibt kein Buffet. Auf dem gedeckten Tisch steht Marmelade, Honig und Butter unter einem silberfarbenen Deckel. Aus dem Brotkorb duftet es verführerisch nach süßem Gebäck und Brötchen.

Neben mir taucht eine junge Frau auf und erkundigt sich: „Kaffee oder Tee?"

Ich bitte sie um Tee und fahre fort, das Kuvert zu öffnen. Beinahe stoße ich mir das Messer in die Hand. Die Nervosität macht mich ungeschickt und fahrig.

Wer kann mir schreiben und wer weiß, dass ich hier bin? Ich sehe mir noch einmal den Umschlag an. Nur meine Zimmernummer steht darauf.

„Darf ich?"

Bevor ich „ja" sagen kann, setzt sich ein Mann, ein weiterer Hotelgast, mir gegenüber. Er betrachtet mich nur flüchtig und wendet sich dann dem Laptop zu, den er auf dem Tisch abgestellt hat. Den Brief möchte ich jetzt nicht öffnen und stecke ihn ein.

Er sieht gut aus und irgendwie unverdächtig.

Sei vorsichtig, denke ich, *unverdächtig gibt es in deinem Leben nicht, nicht mehr.*

Ich muss weg aus dieser Stadt, weg aus Graz. Wie hieß noch dieser angebliche Schriftsteller und was wollte der Kommissar bei ihm?

Ich gebe Gernot Kasting in mein Smartphone ein. Ja das war er. Ich sehe sein Bild und finde auf seiner Website sogar seine Adresse im Impressum.

Er ist ein eitler Mann, denke ich.

Es gibt viele Aufnahmen von ihm mit prominenten Personen und auch weniger prominenten. Ich scrollte weiter und beschließe, ihn zu besuchen.

Um mein Kind zu schützen, muss ich jedes Risiko

eingehen, der einzige Mensch, der mein Tagebuch haben kann, ist er.

Was soll ich tun? Ich bin ein Ex-Junkie und eine Mörderin auf der Flucht, mit einem Kind im Bauch. Was kann schon noch passieren, wenn ich in ein Haus einbreche und ein Tagebuch suche, das ohnehin mir gehört?

Am Bahnhof miete ich mir ein Auto, einen kleinen sportlichen Flitzer. Gut, dass ich gleich nach meiner Ankunft in Österreich den Führerschein machte. ‚Waze‘, mein Navi im Handy, weist mir den Weg. Kaum dreißig Minuten später fahre ich langsam am Grundstück vorbei. Von Kasting und dem Kommissar ist nichts zu sehen. Auch das Auto des Schriftstellers ist nicht da.

Die Nachbarshäuser liegen weit entfernt von einander und hinter dichten Hecken versteckt.

Ich bin ganz sicher, dass mir niemand gefolgt ist. Die Holztür im Hinterhof des Hotels ist so hilfreich gewesen. Ich kann mir ein Grinsen nicht verkneifen.

Gut, dass ich über genug Geld verfüge, sodass ich Trinkgelder vergeben kann wie ein Nabob. Mit Hilfe des Zimmermädchens und der Kellnerin im Frühstücksraum bin ich in Nullkommanichts aus dem Hotel verschwunden, so als hätte es mich nie gegeben. In der schmalen Gasse hinter der Holztür wartete das Taxi auf mich, das mich zum Auto-Verleih brachte.

Jetzt blicke ich mich um. Nur Vogelgesang, manchmal ist das Bellen eines Hundes zu hören. Von weitem sehe ich einen Rover auf mich zurollen. Ich fahre ein Stück weiter und warte, bis er außer Sicht ist.

Um mein Vorhaben auszuführen, muss ich die Dunkelheit abwarten. Das dauert noch eine Weile. Ich verbringe die Wartezeit damit, alles aufmerksam zu beobachten. Es beginnt zu dämmern, meine Erregung steigt.

Hinter hohen Hecken sehe ich hier und da eine Außenbeleuchtung flimmern. Im Haus von Kasting bleibt es dunkel. Vielleicht werde ich gesucht, sogar sehr sicher werde ich gesucht, und der Schriftsteller und der Kommissar werden sich an dieser Suche beteiligen. Wenn die beiden mein Tagebuch noch nicht gelesen haben, wird es Zeit für mich, es zurückzuholen.

Steig aus, rede ich mir zu, *bring es hinter dich.*

Wenn sie mich erwischen, kann ich immer noch behaupten, ich hätte mich bedanken wollen für Kastings Hilfe oder etwas ähnlich Dämliches.

Das eiserne Tor, durch das man in den Garten gelangt, ist natürlich versperrt. Doch während der letzten Stunden hatte ich Zeit genug, eine alternative Lösung für das Betreten des Grundstücks zu finden.

Das Schlupfloch durch die Hecke ist groß genug, dass ich mich hindurchzwängen kann. Ein Kiesweg führt um das Haus herum, die Steinchen knirschen unter meinen Schuhen. Durch die Terrassentür kann ich einen Blick in das Wohnzimmer werfen. Mein Herz schlägt höher.

Dort liegt, in Reichweite, auf dem Tisch mein rotes Tagebuch. Gut, dass ich es nicht suchen muss. Ich drücke vorsichtig die Türklinke nach unten ... und kann mein Glück kaum fassen: Die Glastür ist nicht verschlossen.

Kurz schießt es durch meinen Kopf: *Pass auf, das ist eine Falle.*

Aber ich bin schon im Zimmer und schnappe mir das Tagebuch. In dem Moment höre ich sie: Die Stimmen von Kasting, dem Kommissar und einem dritten Mann. Ich flüchte in den Garten und haste auf dem Kiesweg, auf dem mir meine Schritte jetzt viel zu laut erscheinen, zum Durchschlupf in der Hecke.

„Bleiben Sie stehen!"

Ich laufe schneller, spüre ein Stechen in der Seite. Meinem Baby gefällt diese ungewohnte Anstrengung überhaupt nicht. Ich zwänge mich erneut durch das grobe Astwerk des Grünzauns. Der Leihwagen steht eine Ecke weiter. Die Schritte der Männer hinter mir kommen näher. Der Weg durch die Hecke bringt mir einen Vorsprung. Die Männer können da nicht durch und müssen zurück zum Hauptausgang.

Als hätte ich es geahnt, ließ ich das Auto unversperrt, um nicht Gefahr zu laufen, dass das Entsperren zu viel Zeit kostete. Ich reiße die Autotür auf, lasse mich auf den Fahrersitz fallen und stecke den Schlüssel ins Zündschloss. Mein Tagebuch schleudere ich auf den Beifahrersitz. Mit der Zentralverriegelung versperre ich von innen den Wagen. Ein weiterer Zeitgewinn. Die Männer erreichen mein Auto, rütteln an den Türen und schlagen auf die Fensterscheiben.

Ich bin in Panik ... Der Wagen springt nicht an. Während ich erneut versuche, das Auto zu starten, wage ich den Blick auf meine Verfolger. Ich kenne sie alle: Den Kommissar, den Schriftsteller und den gutaussehenden Mann aus dem Frühstücksraum.

Endlich, der Motor läuft. Die Männer stellen sich wie eine Barriere vor das Fahrzeug, um mich aufzuhalten. Ich trete das Gaspedal durch, fahre auf sie zu, beschleunige weiter und nehme keine Rücksicht. Sie müssen sich zu Seite werfen, wenn sie nicht überfahren werden wollen. Die Straße ist frei.

Mit der rechten Hand taste ich nach dem Verschluss meines Tagebuchs. Er ist unversehrt, keiner hat in meinen Aufzeichnungen gelesen. In diesem Moment glaube ich an mein Glück, an meine Zukunft und an die meiner Tochter.

Ich bin mir so sicher, dass das Kind in mir ein Mädchen sein wird.

Ich fahre zurück zum Bahnhof. Zuerst muss ich das Auto loswerden und dann so schnell wie möglich aus dieser Gegend verschwinden.

Mein Bruder? Ich verschwende keinen Gedanken mehr an ihn. Sollte er wirklich mein Bruder sein, wird er mich auch ein zweites Mal finden, aber ich wünsche es mir nicht. Ich brauche niemanden, nur mein Kind.

Unter mir verschwindet Graz im Dunst. Ich fliege. Den Brief in meiner Tasche, den werde ich irgendwann einmal öffnen.

An meinem Zielflughafen muss eine Stewardess mich wecken: Birmingham. Großbritannien. Ich werde nach Cornwall fahren.

7

Es war eine lange Reise, bis ich endlich mein Ziel erreiche. Statt einem großen, luxuriösen Hotel entscheide ich mich dieses Mal für eine kleine, unscheinbare Pension. Hier wird man mich kaum vermuten. Meine Chancen, nicht entdeckt zu werden, waren soeben gestiegen.

Die alte Dame am Empfang ist sehr freundlich. Immer wieder wirft sie einen Blick auf meinen Bauch. Schlussendlich kann sie sich die Frage nicht verkneifen. „Wann ist es denn soweit?"

Ich lächle und streichle liebevoll über meinen Bauch. „Nächsten Monat."

„Oh", antwortet sie. „Haben Sie vor, das Kind hier in Cornwall zu bekommen? Wenn ja, wir haben eine erstklassige Entbindungsstation. Alles ist auf dem neuesten Stand. Kommt der Kindsvater auch nach?"

Vermutlich hat mich mein Gesichtsausdruck verraten, denn auf eine Antwort wartet sie nicht mehr.

Mit einem leise gemurmelten „Ich verstehe", greift sie nach dem Schlüssel und eilt in Richtung Treppe.

Mein Zimmer liegt im ersten Stock. Es ist einfach eingerichtet, aber es hat ein innenliegendes Badezimmer. Davon gab es nur zwei im ganzen Haus. Die übrigen Zimmer mussten sich ein Badezimmer am Gang teilen. Die Hausdame erklärt mir noch, dass ich das Zimmer zum selben Preis wie ein gewöhnliches bekomme, aufgrund des besonderen Umstandes, in dem ich mich befinde. Sie wisse aus eigener Erfahrung, dass eine werdende Mutter viel Ruhe und auch Privatsphäre brauche.

Erschöpft von der langen Reise lege ich mich auf das Bett, nachdem die alte Dame endlich ihren Redeschwall beendet und das Zimmer verlassen hat und schlafe augenblicklich ein.

Leise öffnet sich die Tür und jemand huscht herein. Gedämpft sind Schritte auf dem Teppichboden zu hören. Die Anspannung, die im Körper des Eindringlings herrschen muss, wird hörbar: rasche und tiefe Atemzüge durchbrechen die Stille.

Ich versuche, völlig regungslos zu verharren, kein noch so kleines Geräusch zu machen und hoffe, dass der Schlag meines Herzens mich nicht verrät. In der Position, in der ich mich befinde, wende ich dem unbekannten Besucher den Rücken zu. Millimeter für Millimeter schiebe ich meine rechte Hand unter das Kopfkissen. Dort liegt eine Art Lebensversicherung: Mein Taschenmesser ist ein ständiger Begleiter geworden, seit ich auf der Flucht bin. Ich muss es nur unbemerkt in die Finger bekommen und im richtigen Moment zustoßen. Das ist meine einzige Chance. Egal, wer auch immer es sein mochte, der sich da in mein Zimmer geschlichen hatte. Entweder er oder ich.

Obwohl es mir ein Rätsel ist, wie der Fremde an der

aufmerksamen Miss Devaney vorbeikommen konnte. Die Antwort ist schnell gefunden. Es ist dunkel, mitten in der Nacht. Die Dame des Hauses liegt vermutlich in ihrem Bett und schläft den Schlaf der Gerechten.

„Auch gut", denke ich mir. „So kann ich hinterher die Leiche beiseite schaffen, ohne Gefahr zu laufen, dabei der alten Lady in die Arme zu laufen."

Vorsichtig schiebe ich meine Hand weiter. Viel Zeit bleibt mir nicht mehr. Ich kann den Atem des Fremden schon spüren. Meine Finger tasten unter dem Kissen suchend hin und her. Aber da ist nichts. Mein Pulsschlag beschleunigt sich, pocht wild in meinen Adern, sodass ich Angst bekomme, sie könnten jeden Augenblick zerplatzen.

Ein letzter Versuch, das Taschenmesser zu ergreifen. Nichts. Da ist nichts! Ich muss so schnell eingeschlafen sein, dass ich vollkommen vergessen habe, es an den gewohnten Platz zu legen.

Ich breche in Panik aus. Wer auch immer mein Besucher ist – er hat sich mit Sicherheit nicht hier hereingeschlichen, um nur mit mir zu reden.

Tränen lassen sich nicht zurückhalten und tropfen auf das weiße Kissen.

„Es tut mir so leid, mein Kleines. Es tut mir so unendlich leid!", schießt es mir durch den Kopf. „Ich habe versagt. Ich habe dir versprochen, dich zu schützen. Aber ich habe es nicht geschafft. Es tut mir so unendlich leid, mein Baby. Bitte verzeih mir!"

Etwas berührt meine linke Schulter und ich schreie auf. Wie eine Furie schieße ich hoch und beginne auf meinen Angreifer einzuschlagen. Ich zerkratze ihm sein Gesicht und schlage immer wieder auf ihn ein. Dabei schreie ich unablässig.

„Kind! Kind! Bitte beruhigen Sie sich doch. Ich tue Ihnen doch nichts!", dringt eine vertraute Stimme an mein Ohr. Kann das sein? Bilde ich mir das nur ein? Spielt mir mein Gehirn einen Streich, um zu verhindern, dass ich restlos den Verstand verliere?

Einen kurzen Augenblick halte ich inne. Langsam öffne ich die Augen. Im Raum ist es hell. Die Sonne scheint durch das halb geöffnete Fenster und vor mir steht …. Miss Devaney. Hinter ihr ein Mann, etwa in meinem Alter. Blonde Haare, blaue Augen, aus denen er mich erschrocken mustert. Als er sich meines Blickes bewusst wird, versucht er sich an einem kleinen Lächeln, was ihn wohl harmlos erscheinen lassen soll. Dabei bilden sich zwei niedliche Grübchen um seine Mundwinkel. Wie hypnotisiert blicke ich darauf.

Miss Devaney räuspert sich und setzt zu einer Erklärung an. „Sie haben geträumt, Kindchen. Allem Anschein nach hatten Sie ein Albtraum. Wir konnten Sie bis runter in die Küche schreien hören." Kurz wendet sie ihren Blick ab und dreht den Kopf dem jungen Mann hinter ihr zu. „Joshua, mein Neffe, und ich waren gerade dabei, den Nachmittagstee zuzubereiten, als wir Sie hörten. Wir sind sofort nach oben geeilt."

Langsam normalisiert sich mein Herzschlag und das Adrenalin, das noch kurz zuvor durch meinen Körper jagte, beginnt sich zu verflüchtigen.

Es war also alles nur ein böser Traum. Eigentlich hätte ich es wissen müssen. Niemals im Leben würde ich vergessen, mein Taschenmesser unter das Kissen zu legen, bevor ich mich schlafen lege. Außerdem, ich war gerade mal vier Stunden hier in Cornwall. Niemand hätte mich in dieser kurzen Zeit aufspüren können.

Miss Devaney will mir beim Aufstehen helfen, als sich ihr Neffe höflich zwischen die alte Dame und mich zwängt und mir seine Hand anbietet. Überrascht, aber auch ein wenig geschmeichelt, nehme ich sie an.

„Warum ist mir dieser Mann nicht schon früher über den Weg gelaufen? Noch bevor ich zur Mörderin geworden war. Noch bevor meine Flucht begann.

8

Diese Frage darf ich mir nicht stellen. Nicht bei den Ereignissen, die hinter mir liegen.

Trotzdem genieße ich in den nächsten Tagen die Aufmerksamkeiten und die liebevolle Betreuung der beiden. Joshua zeigt sich von einer höflichen, zurückhaltenden Seite, doch ich spüre sein Interesse und seine Neugier.

Auch wenn es mir hier gut gefällt, auf Dauer ist das Hotel keine Option und ich brauche für mich und das Baby etwas Eigenes.

Ich mache mich also auf die Suche nach einem kleinen Cottage, indem ich mich sicher fühlen kann.

Es soll auch ein Platz sein, an dem ein Baby gerne zur Welt kommt. Das kleine Wesen ist völlig unschuldig an den Geschehnissen und ich wünsche mir so sehr ein wunderbares Willkommen.

Ich muss bald damit anfangen, Babywäsche und andere Dinge einzukaufen.

Ich mag Miss Devaney, würde aber gerne ohne ihre neugierigen Blicke meine Besorgungen erledigen. Ihren Redeschwall und die gutgemeinten Ratschläge habe ich nur bei dem Gedanken an ihre Begleitung in den Ohren.

Die wunderbare Landschaft von Cornwall beruhigt

meine Nerven und alles könnte gut sein. Könnte, denn die Erinnerungen schwimmen natürlich immer wieder an die Oberfläche.

Dabei beschäftigt mich eine Frage jeden Tag stärker. Mein Bruder, was ist mit ihm? Wo kam er her und was will er von mir? Lebt er überhaupt noch?

Hier in Cornwall gibt es zwar Zeitungen aus aller Welt, aber ich getraue mich nicht, eine zu kaufen. So wenig Menschen wie möglich sollen mich in Erinnerung behalten, was angesichts meines immer größer werdenden Umfangs fast aussichtslos erscheint.

Heute habe ich vor, zur Küste zu fahren, auf der Suche nach einer geeigneten Bleibe.

Es kostet mich einige Mühe, Joshua davon abzuhalten mich zu begleiten, doch jetzt fahre ich langsam mit seinem Auto, das er mir förmlich aufgedrängt hat, durch die wunderschöne Gegend. Einige Häuser hatte ich schon gesehen, jedoch kamen sie für mich nicht in Frage.

Das liegt nicht am Geld, nein es liegt an der Größe, an der Lage und manchmal auch am Gefühl.

Doch kann ein Mensch in meiner Situation überhaupt noch seinem Gefühl trauen?

Ich denke an die zurückliegenden Tage und meine Flucht.

In meiner Panik bin ich vom Bahnhof direkt weiter zum Flughafen gefahren. Die etwas mürrisch aussehende Dame am Schalter hatte schon zum zweiten Mal gefragt, wohin die Reise gehen sollte. Dabei schaute sie mich an, als wäre ich ein tatverdächtiger Terrorist, mit einem umgeschnallten Kissen statt Babybauch.

Auf der großen Anzeigetafel las ich Birmingham. Warum nicht Großbritannien hatte ich mich gefragt, als ein Bild vor meinen Augen entstand.

Der junge Mann im Hotel mit seinem Laptop. Waren da nicht Bilder von Cornwall zu sehen? Ich strengte mein Gedächtnis an und meinte, sogar Cornwall gelesen zu haben.

„Also dann", sagte ich zu der Dame am Schalter, die mit den Fingern zu trommeln begann, „Birmingham."

Cornwall hatte für mich schon immer etwas Mystisches an sich. Und um ehrlich zu sein, mir fiel nichts besseres ein in diesem Augenblick.

Schauplatz unzähliger Legenden und Geschichten … das war es natürlich nicht, was ich brauchte, um mich zu sammeln und zu mir zu finden. Gleichzeitig war meine Entscheidung für mich selbst Bestätigung meiner Ruhebedürftigkeit. Ich hatte das Gefühl, neben mir zu stehen.

Zurück im Jetzt befinde ich mich bereits auf halber Strecke zur Küste.

Das Baby beginnt wieder zu treten. Während der Fahrt streich ich beruhigend über den Bauch.

„Gut, alles ist gut" murmle ich und fahre damit fort, als sich meine Nackenhaare plötzlich aufstellen.

Ist es eine Vorahnung? Werde ich paranoid?

Jedenfalls schaue ich ab sofort öfter als vielleicht nötig in den Rückspiegel, um zu sehen, ob nicht doch jemand meine Spur aufgenommen hat.

Das Gefühl gejagt zu werden, scheint mich direkt zu verfolgen.

Beim ersten Tankstopp ist mir, als hätte ich den Haarschopf des jungen Mannes aus den Hotel erkannt. Doch warum und wieso sollte ausgerechnet er mir hinterherspionieren?

Weil nichts mehr so ist wie es war, weil du keinem trauen kannst, weil Geheimnisse nach oben ans Tageslicht wollen, die quälender nicht sein können.

Weil es ein Tagebuch gibt, indem die Wahrheit steht.

Plötzlich auf mich eindringende Gedanken verursachen mir Übelkeit.

Ein Auto fährt an der Tankstelle vorbei. Am Steuer erkenne ich einem Mann mit einem blonden Haarschopf ... ich muss mich übergeben.

Mit zitternden Beinen lange ich in das Auto und greife nach den Papiertaschentüchern in meiner Handtasche. Ich muss mich wenigstens abwischen, ehe ich zur Kasse gehe, um meine Rechnung zu bezahlen. In der Toilette mache ich mich ein wenig frisch, ehe ich die Fahrt fortsetze.

„Geradezu ideal", denke ich, als ich in der Ferne ein kleines Steincottage entdecke. Freistehend, sodass man sofort erkennen kann, ob sich jemand dem Haus nähert. So abseits der Straße wäre es außerdem beinahe ein

Warnsignal, denn hier her verirren kann sich keiner. Hier kommt jemand nur gezielt hin und mir bliebe Zeit genug, mich in Sicherheit zu bringen.

Wenn es jemand geben sollte, der über mich wacht, dann sollte er jetzt helfen, denke ich und fahre bis vor das Haus.

Aus der Nähe sieht es noch viel schöner aus, als von Weitem. Dornige Rosenstöcke ranken an der Hauswand empor. Rose- und rotfarbige Blüten leuchten zwischen sattgrünen Blättern. Eine weiße-blaue Haustür mit Butzenscheiben sieht einladend aus und im Fenster daneben hängt ein Schild: Zu vermieten.

„Es gibt doch noch solche Tage für mich", seufze ich und notiere mir die angegebene Nummer.

In der Ferne höre ich Motorengeräusche, kann jedoch nicht erkennen, um welches Auto es sich handelt. Wie eine Fata Morgana tauchen plötzlich das Gesicht und der blonde Haarschopf des Mannes auf, der seit meiner Ankunft in Birmingham scheinbar omnipräsent in meinen Gedanken ist.

Das Motorengeräusch verstummt.

Ich gehe um das Haus herum und befinde mich nun in einem gepflegten kleinen Garten. Ein Baum, der wohl die Mitte der Grünoase symbolisiert, weckt meine Aufmerksamkeit. An einem seiner dicken Äste baumelt eine Schaukel.

Der Blick von dieser Gartenterrasse zur felsigen Küste ist atemberaubend und ich setze mich, von einem Glücksgefühl überwältigt, auf die Gartenbank beim Haus.

Ruhe. Ja, hier finde ich die Ruhe, die ich für mich und das Baby jetzt unbedingt benötige. Die Sonne steht hoch am Himmel und mir ist angenehm warm.

Joshua fällt mir ein, der höfliche Neffe von Miss Devaney. Kann es für mich jemals wieder einen Mann geben? Einen Mann mit so bezaubernden Grübchen, wie er sie hat?

Die wohltuende Wärme, die friedliche Stimmung an diesem Ort, lässt mich einnicken. Der Kopf sinkt an meine Brust, meine Atemzüge werden flacher.

Blut, ich sehe Blut soviel Blut. Dazwischen Gesichter, Männer, ich kenne sie nicht. Meine Eltern, warum sind meine Eltern hier?

„Du hast einen Bruder!" Pass auf, pass auf, wir warnen dich! Vorsicht!"

Alle Stimmen murmeln durcheinander, Hände ergreifen mich, zerren, ziehen.

Dann kommen sie ... die Buchstaben. Springen fast aus dem Tagebuch heraus. Kommen drohend auf mich zu. Kleben mir wie Schweißtropfen am Körper.

Ich schreie: „Was wollt ihr von mir?"

„Die Wahrheit, wir wissen die Wahrheit", höre ich sie rufen und dann lachen sie. Sie lachen unheimlich, es klingt wie das Heulen der Wölfe, und in dieses Lachen schiebt sich ein Gesicht. Das Gesicht, das ich nie wieder sehen wollte.

9

Es verschwimmt vor meinem inneren Auge, dieses Gesicht ... plötzlich Musik, ein Lied von Madonna – es dauert, bis ich realisiere, dass mein Handy klingelt ... Der kurze Schlaf, den ich mir gönnte, wurde zum Horrortrip in die Vergangenheit. Nur mühsam kehre ich in die Wirklichkeit zurück, und zu meinem Handy.

Wer hat diesen Klingelton auf mein Telefon geladen, dieses Lied, das mich gedanklich zurück in meine schrecklichste Zeit katapultiert ... etwa Joshua, der Neffe von Miss Sophie Devaney? Aber warum sollte er? Er kennt mich und meine Vergangenheit schließlich nicht – oder etwa doch?

Ich kneife die Augen zu, neige den Kopf, will nachdenken, aber das penetrante Klingeln des Telefons lässt mir keine Zeit zu irgendwelchen Überlegungen.

„Mist", fluche ich und durchwühle hastig meine Handtasche, die neben mir auf der Bank steht.

Der Sonnenplanet brennt, er steht inzwischen im Zenit, also schon Mittagszeit. Langsam bekomme ich Hunger. Auch meine Kleine macht sich bemerkbar, denn sie tritt mich heftig. Während ich mit einer Hand das Handy aufklappe und an mein Ohr halte, streichle ich mit der anderen zärtlich über meinen Bauch ...

„Hallo", flüstere ich in den Hörer, denn noch weiß ich

nicht, wer dort am anderen Ende ist. Und ich muss vorsichtig sein.

„Ach Kindchen, Sami, wo stecken Sie? Sie sind seit Stunden weg. Dabei wollten Sie sich melden!"

Ach du Schreck, Miss Sophie, die habe ich doch ganz vergessen. Ich schmunzle plötzlich, weil ich unwillkürlich an ‚Diner for one' denken muss, an diese Sendung, die wir Straßenkids immer zu Silvester sahen und jedes Jahr in einem anderen fremden Haus, das einer von uns dafür ausgekundschaftet hatte.

Flash: Kuckuck, Max, Gun, Zero, Quenni und Samuel mit Ricky sehe ich quasi vor mir. Ich sehe mich wieder in dem Haus, mit blutverschmierten Händen, sehe die drei Toten, eingerahmt in Kreideflügeln!

Ich könnte losheulen, aber da tritt mich mein Baby erneut – voll in die Wirbelsäule. Der Schmerz holt mich aus meinen Gedanken, über die ich den restlichen Redeschwall meiner Pensionswirtin gar nicht mitbekomme. So höre ich auch nicht, als sie erwähnt, dass Joshua mit einem Leihauto bereits auf dem Weg zu mir ist ...

Deshalb meine ich nur zu Miss Devaney: „Keine Sorge, meine Liebe, Sie bekommen Joshuas Auto wohlbehalten zurück, sobald ich hier alles erledigt habe. Ich bin bestimmt in zwei Tagen wieder bei Ihnen."

Dass ich mein Zimmer vielleicht kündigen werde, verschweige ich besser. Ein paar Grußworte noch und ich klappe das Mobilteil zu. Als ich es in die Tasche stecken will, sehe ich neben meinem Tagebuch ein weißes

Stück Papier. Mit spitzen Fingern ziehe ich es heraus.

Erstaunt starre ich auf den Brief – das ist doch der aus Graz, der ohne Absender, nur mit der Nummer meines Hotelzimmers, denke ich und lasse ihn vor Schreck fallen. Erst jetzt erinnere ich mich, dass ich ihn noch gar nicht gelesen habe.

Mühsam und schwerfällig bücke ich mich nach dem Kuvert und will es öffnen. Was mag darin stehen? Ich bin nervös. Meine Hände zittern. Von wem ist dieser Brief? Umso erstaunter bin ich, dass es ein Arztbericht ist. Von einem Doktor …

„Dass diese Ärzte immer so unleserlich schreiben müssen!", schimpfe ich vor mich hin. Zumindest ist dieser Brief von dem Arzt aus dem Grazer Krankenhaus, in dem ich zuletzt war. Er ist für den nachbehandelnden Arzt bestimmt. Ich lese, dass es um diese Hämatemesis geht – dabei habe ich ewig kein Blut mehr gespuckt. Mich drangsaliert ja auch niemand mehr, weder physisch noch psychisch. Ich blicke dankbar zum Himmel und sofort wieder auf dieses Schreiben.

Das meiste vom Text überfliege ich. Ist sowieso nur medizinisches Blabla, sogenanntes Fachchinesisch, wie mein Vater immer sagte. Bei dem Gedanken werde ich wieder traurig. Aber dann vergesse ich meinen Vater, denn das, was ich nun lese, sprengt alles bis jetzt Dagewesene. Hier steht schwarz auf weiß:

„Frau Samantha Engelmann…", ich lasse das Blatt auf meinen Schoß sinken und frage mich verwundert, woher dieser Medizinmann meinen Nachnamen kennt. Von mir jedenfalls nicht. Dann nehme ich den Brief wieder zur Hand: „…leidet an einer schlimmen Form der Krankheit Hämatemesis. Da sie noch sehr jung ist und bereits im achten Monat schwanger, wird dringend empfohlen, schon jetzt die Geburt einzuleiten. Deshalb überweise ich die Patientin zu Ihnen, werter Doktor Gregor Arzat.

Weiter kann ich nicht lesen. ARZAT. Ich sehe diesen Namen in großen Lettern vor mir. Jetzt dämmert's. Mir wird schlecht. Ich presse beide Hände auf meinen Bauch, der nur mir gehört, mir ganz allein und ich flüstere: „Mein Schatz, mein kleiner süßer Engel, dir darf nichts passieren!"

Nun weiß ich mit Sicherheit, dass Gregor, der Arzt aus dem Forsthaus, einer der Jungen aus meiner Kinderzeit ist. Er und sein Bruder haben mir so viel Leid zugefügt. Wieder sehe ich die armen Katzenkadaver, wie sie nackt in den Bäumen hängen … ich wende meinen tränenverhangenen Blick zu dem knorrigen Apfelbaum rüber, an dem noch immer bewegungslos die Schaukel hängt, denn es regt sich kein Lüftchen. In Gedanken sehe ich dort schon mein Kind schaukeln, meine Tochter … meine Emily. Ich weiß nicht, wie ich auf diesen Namen komme, aber er gefällt mir, und er passt so wunderbar hierher, hierher nach Cornwall. Aber eins weiß ich genau – zu Gregor, diesem Doktor Arzat, will ich auf keinen Fall!

In dem Moment nehme ich wahr, wie eine Autotür

zugeschlagen wird. Komisch, ich hatte gar kein Fahrzeug kommen hören. Da sehe ich auch schon ein kleines Mädchen mit dunkelblonden und lustig wippenden Zöpfen angerannt kommen, an mir vorbei, und schwupps sitzt sie auf der Schaukel. Wie alt mag sie sein, frag ich mich, als auch schon ein großer schlanker Mann und eine hübsche Frau hinter mir erscheinen. Die Eltern, vermute ich mal. Während die Mutter zu der Kleinen geht und mir freundlich zunickt, dreht sich der Vater in meine Richtung und fragt mich erstaunt aber lächelnd: „Hallo, junge Frau, hatten wir miteinander telefoniert? Ich kann mich nicht entsinnen."

Kopfschüttelnd erhebe ich mich von der Bank. Ich strecke ihm meine Hand entgegen. Als er meinen Bauch sieht, bedeutet er mir mit einer Kopfbewegung, mich wieder zu setzen.

Er schüttelt mir die Hand und reicht mir den Brief, der mir vermutlich runtergefallen war, aber nicht, ohne vorher einen Blick darauf zu werfen. Er wird ernst und murmelt nur das Wort „Hämatemesis". Dabei schaut er mich prüfend an, wie es nur jemand macht, der weiß, was dieses Wort bedeutet. Ein Arzt, zum Beispiel.

Ich zucke mit den Schultern und versuche, vom Thema abzulenken, indem ich sage: „Mein Name ist Samantha, meine Freunde nennen mich Sami, und ich bin auf der Suche nach einem Zuhause für mich und mein Kind." Dabei zeige ich auf meinen Bauch. „Als ich das Schild im Fenster sah ‚Zimmer zu vermieten', wollte ich

Sie gleich anrufen. Doch dieser Bank", lächelnd tippe ich auf die Sitzfläche selbiger, „konnte ich nicht widerstehen – die herrliche Landschaft, der hübsche Garten, der Blick zur nahen Küste, einfach alles hier, wissen Sie. Besonders die Ruhe hier. Das ist genau der richtige Ort für ein Kind. Ich muss wohl eingeschlafen sein."

Dabei schaue ich den jungen Mann um Verständnis bittend an. Mit dem Augenaufschlag einer Siebzehnjährigen und den Worten „das Häuschen wäre einfach perfekt für mich ... für uns", will ich es dem Besitzer des Cottage schmackhaft machen, nur mir den Mietvertrag zu überreichen. Womöglich gibt es noch andere Interessenten, ganz sicher sogar, überlege ich.

„Schon gut, schon gut", meint er lachend. Dann wird er plötzlich ganz rot im Gesicht und sagt verlegen: „Samantha, verzeihen Sie bitte meine Unhöflichkeit, aber ich habe mich noch gar nicht vorgestellt. Ich bin Doktor Edward Gardner. Ja, und meine Frau wird gerade von Lilly, unserer kleinen Prinzessin, in Anspruch genommen." In dem Moment springt die Kleine von der Schaukel und läuft lachend in die offenen Arme ihres Vaters.

Verträumt beobachte ich diese Szene, seufze und meine zu dem jungen Mann. „Ich will ja nicht drängeln, aber vermieten Sie mir nun dieses Häuschen?"

Nachdenklich schaut er mich an. Dann nickt er und geht wortlos zu seinem Auto. Zurück kommt er mit einem DINA4-Blatt, dem Mietvertrag. Er gibt ihn mir und sagt: „Samantha, bevor Sie unterschreiben, sollten Sie wissen, dass ich das Häuschen nur für ein halbes Jahr vermiete. Ich werde in der Zeit in Deutschland in einer Berliner Klinik gebraucht. Meine Familie kommt mit. Für meine Frau ist das die Möglichkeit, sich mit ihrem Patenkind zu treffen. Übermorgen geht es schon los. Wenn Ihnen der Mietpreis ebenfalls zusagt, steht einer Vermietung meinerseits nichts im Wege."

Mein Baby verpasst mir wieder einen Tritt. Wenn das kein Zeichen ist. Ich setze mich noch einmal auf die Gartenbank und studiere den Mietvertrag. Ein halbes Jahr, denke ich. Gut, es ist nicht sehr lange. Aber sechs Monate weg von allem Bösen. Das hat schon was. Jedenfalls besser als nichts, sinniere ich. Auch mit dem Preis bin ich zufrieden. Ich fixiere meine Schuhspitzen und sage stumm: „Danke Tante Gabriele. Danke, dass du mir so viel Geld vermacht hast - aber jetzt bleibe dort, wo du bist, nämlich in der Hölle!"

Doktor Gardner bringt ein Gartentischchen und vier Klappstühle aus einem kleinen Schuppen, der mir erst jetzt auffällt. Lilly hüpft vergnügt neben ihrer Mutter her, die mit einem Tablett aus dem Haus kommt. Sie stellt es auf dem Tisch ab, wendet ihren Kopf in meine Richtung und fragt: „Gegen einen Tee und Plätzchen haben Sie doch sicher nichts einzuwenden?" Ich nicke ihr zu, da eilt auch schon ihr Mann herbei und hilft mir von der Bank auf. „Kommen Sie, Samantha, der Tee wird Ihnen gut tun. Diesen Cornish Cream Tea werden Sie lieben, das verspreche ich Ihnen."

Diese Einladung nehme ich freudig an und lasse mich gerne vom Hausherren zum Tisch führen. Bevor ich mich setze, schiebe ich den Vertrag unter das Tablett, denn ein leichter Wind ist aufgekommen. Neugierig greife ich nach einem Plätzchen. Hmm, lecker, denke ich, und esse mit Lilly um die Wette. So könnte mein Leben mit meiner Tochter aussehen ... ich bin in dem Moment einfach nur glücklich.

Doch dieses Glücksgefühl wird von einem plötzlichen Geräusch und einem mir bekannten Duft überschattet. Meine Hand, die nach einem Keks greifen will, verharrt in der Schwebe. Mein Herz klopft wie wild. Irgendwas ist anders. Aber was? Es ist so ein Gefühl. Ist jemand ins Haus gegangen? Von hier kann man die Haustür nicht sehen.

Ich lausche angestrengt, doch da ruft Lilly: „Gewonnen, Tante Sami!"

Irritiert sehe ich das Kind an und schließlich die leere Keksdose. Dann begreife ich, was sie meint und falle in ihr Lachen ein. Ein süßes Mädchen, denke ich und trinke den letzten Schluck Tee. Die Gastgeberin gießt nach und ist mit einem Mal in Plauderlaune. Ich finde sie nett und sympathisch. Deshalb fällt es mir leicht, einiges von mir zu erzählen. Trotzdem bleibe ich vorsichtig Fremden gegenüber. Als es aus mir heraus sprudelt, dass ich noch Windeln und Babysachen besorgen muss, reicht sie mir spontan die Hand und sagt: „Ich bin Charlotte, wollen wir nicht Du sagen? Wir sind doch beides

Mütter – na ja, du noch nicht ganz."

„Ich bin Samantha, also Sami für Sie ... für Dich."
Wir schütteln uns lachend die Hand, und Lillys Lachen
vermischt sich mit unserem. Ich sehe sie schaukeln, und
sie ruft ihrem Vater zu: „Höher, höher".

Charlotte erzählt mir, dass sie noch viele Sachen von
Lilly hat, die sie nicht mehr braucht. „Ich suche sie dir
aber nachher gleich raus. Dann musst du nicht alles
kaufen", meint sie lächelnd zu mir und streichelt mir
über die Wange. Ein wohliges Gefühl durchströmt mich.

Mitten in dieses Gespräch platzt Doktor Gardner. Er
reicht mir seinen Kugelschreiber. Ich schaue ihn erstaunt an ... ach ja, die Unterschrift. Ich ziehe das Papier unter dem Tablett hervor, unterschreibe und gebe
es ihm. Nun unterschreibt er, überreicht mir das Origi-
nal und behält den Durchschlag.

Lilly hat sich zu ihrer Mutter auf den Schoß gesetzt.
Ihr Vater bringt die Vertragskopie ins Auto, und ich
hänge meinen Gedanken nach.

Doktor Gardner holt mich in das Jetzt und Hier zurück. „So, Samantha, wir werden gleich in die Klinik
fahren, damit ich Sie gründlich untersuchen kann."

Entsetzt sehe ich den Arzt an und sage mit abweh-
renden Händen: „Nein, das möchte ich nicht, ich will in
kein Krankenhaus!" Dabei schüttle ich den Kopf, dass
mir meine Haare ins Gesicht fliegen.

Doktor Gardner legt beruhigend seine Hand auf meinen Arm. „Wollen Sie ein gesundes Kind bekommen, Sami,

oder nicht? Sie wissen von der Diagnose Hämatemesis? Ihnen ist auch klar, dass Ihr Baby sterben könnte, und Sie ebenfalls?"

Diese Worte sind wie ein Faustschlag in mein Gesicht. Resigniert nicke ich nur, stehe auf, nehme Lilly an die Hand und gehe mit ihr zur Schaukel. Ihr Vater räumt in der Zeit das Tablett ins Haus. Seine Frau aber will einige Babysachen für meine Emily heraussuchen.

Nur noch vier Wochen, dann kann ich dich endlich in meine Arme schließen, mein Engel...

Doktor Gardner geht bereits zu seinem Auto. „Samantha, kommen Sie bitte", ruft er. Ich gebe der Kleinen einen flüchtigen Kuss und winke ihr noch zu. Charlotte und ich umarmen uns fest. Dann folge ich Gardner, steige zu ihm ins Auto und sehe noch, wie Charlotte im Haus verschwindet. Die blau-weiße Tür lässt sie offen. Lilly schaukelt.

Der Ford setzt sich langsam in Bewegung. Ich erkenne im Rückspiegel, dass neben meinem Mini ein Rover steht. Vom Besitzer keine Spur. Seit wann steht dieser Wagen dort, schießt es mir durch den Kopf. Wer fährt einen Rover? Ich erinnere mich, dass ich heute, als ich hier ankam, ein Auto hörte – aber was es für ein Typ war, erkannte ich nicht. Mir fällt auch wieder mein angeblicher Bruder ein. Ob er noch lebt? Und wer verfolgt mich seit meiner Ankunft in Birmingham? Etwa der Mann aus dem Grazer Hotel? Möglich. Auch Joshua, der hübsche Neffe von Miss Sophie Devaney, kommt mir nicht geheuer vor. Warum wollte er unbedingt, dass ich sein Auto nehme? Hat er etwa irgendwo im Fahrzeug einen Sender angebracht und weiß nun ganz genau, wo ich bin? Ich werde noch verrückt! War das Geräusch vorhin, das ich hörte, also doch keine Halluzination? Soll ich Doktor Gardner davon erzählen? Aber dann wird er mehr wissen wollen. Und das geht nicht. Das geht ganz und gar nicht. Ich schiele zum Fahrersitz. Doch der Arzt nimmt keine Notiz von mir, sondern blickt konzentriert auf die Straße. Auch gut, denke ich und schließe die Augen.

Drei Stunden später sind wir wieder zurück. Ich bin ganz zufrieden mit dem Ergebnis der Untersuchung. Doktor Gardner hat mit dem zuständigen Gynäkologen gesprochen. Ich muss wenigstens zwei Wochen vor dem Geburtstermin in der Klinik sein. Also bleiben mir noch vierzehn Tage, die ich in dieser wundervollen Umgebung verbringen kann. Das muss ich sofort Charlotte erzählen. Doktor Gardner hat kaum das Auto abgestellt, da bin ich auch schon raus. Ich eile auf das Haus zu, so schnell es mir mit meinem Bauch möglich ist. Dann stutze ich und bleibe ruckartig stehen. Warum brennt im Haus kein Licht? Die Dämmerung hat doch längst eingesetzt. Unentschlossen gehe ich näher heran und merke, dass die Haustür nur angelehnt ist. Ich horche angespannt. Es ist alles ruhig.

Doktor Gardner, der jetzt neben mir steht, sieht mich fragend an. Ich bringe kein Wort heraus. Mir läuft ein kalter Schauer den Rücken runter. Ich muss mich festhalten und greife nach Gardners Arm. Doch der schüttelt meine Hand ab, schiebt mich beiseite und rennt ins Haus.

Ich bleibe wie angewurzelt stehen. Zeit vergeht. Minuten kommen mir wie Stunden vor.

Dann geht das Licht an und ... ich höre einen Schrei ...

Erschrocken drehe ich mich um, und sehe in ein ovales Gesicht und die bernsteinfarbenen Augen eines mittelblonden jungen Mannes. Dann wird mir schwarz vor Augen...

10

Ein eigenartiger Geruch liegt in der Luft. Es riecht sauber, steril und irgendwie mischt sich in diesen Geruch eine blumige Note. Diese Kombination passt für mein Empfinden nicht zusammen.

Mein Mund ist ausgetrocknet. Ein leicht süßlicher und metallischer Geschmack lässt mich wissen, dass ich wieder Blut gespuckt haben muss. Doch ich erinnere mich nicht daran.

Meine Augenlider sind so schwer, dass ich nicht vermag sie zu öffnen. Ich muss tief und fest geschlafen haben. Oder ich war ohnmächtig. Es fällt mir schwer, Gedanken zu fassen.

Schwach, ich fühle mich unendlich schwach. Ich scheine in einem Bett zu liegen. Es ist weich und bequem. Zugedeckt bin ich auch, dennoch ist mit kalt. Ich kann mich nicht bewegen. Wo bin ich? Warum bin ich hier? Wie bin ich überhaupt hier her gekommen?

Es gelingt mir, meine Augen einen kleinen Spalt zu öffnen. Neugierig lasse ich meinen Blick wandern: Ich erkenne in dem herrschenden Dämmerlicht, dass ich mich in einem Raum befinde, der weiße Wände hat. An der Wand gegenüber hängt ein Bild, dessen Motiv ich noch nicht ausmachen kann. Die Vorhänge in dem

Zimmer sind zugezogen.

Das in mir aufsteigende Angstgefühl ebbt ab, als ich eine Tür entdecke, die nur angelehnt ist. Ein schmaler Lichtkegel fällt in das Zimmer. Draußen scheinen Leute hin und her zu laufen. Ein Krankenhaus ...

Wieder einmal scheine ich in einem Krankenhaus aufzuwachen, es erscheint mir beinahe wie ein Fluch.

Schlagartig fällt mir mein Kind ein.

Bei diesen Gedanken erwischt es mich eiskalt. Ich taste nach meinem Bauch, doch ... er ist weg! Ich spüre mein Kind nicht mehr! Mein Baby ist weg ... es ist einfach weg!

Ich gerate in Panik! Weinend versuche ich aufzustehen, aber meine Benommenheit will nicht weichen. Ich fühle mich, als stünde ich unter Drogeneinfluss. Tränen laufen über meine Wangen. Ich versuche, zu schreien, doch der Ton bleibt mir im Halse stecken.

Immer wieder tasten meine Hände über den Bauch. Wo ist mein Kind? Lebt es? Geht es ihm gut?

Ich atme tief ein und versuche erneut, mich bemerkbar zu machen. Und dann schreie ich ... Ich schreie so laut ich kann. Mit jedem Atemzug wird meine Stimme lauter. Meine Hände krallen sich dabei in die Bettdecke. „Hilfe! ... Hiiilfe!!! Kann mich jemand hören? Ich brauche Hilfe!" In mein Weinen mischt sich ein leises Wimmern „Bitte, helft mir doch ..."

Die Schreie haben mich viel Kraft gekostet und mein Unterleib schmerzt auf einmal schrecklich.

In diesem Moment stürmt eine Krankenschwester in mein Zimmer. Sie trägt einen weißen Kittel und hat die Haare ordentlich zu einem Zopf geflochten.

„Beruhigen Sie sich, Samantha. Alles ist gut. Sie sind hier im Krankenhaus. Ich werde sofort Doktor Gardner informieren, er wird Ihnen alles erklären."

„Wo ist mein Kind? Ist es tot? Sagen Sie es mir! Ich muss es wissen!", schreie ich sie an. Dabei kralle ich mich an den Ärmel ihres Kittels fest und ziehe die Schwester energisch zu mir heran. Beinah wäre sie gestürzt, doch sie kann sich gerade noch auf den Beinen halten.

„Samantha, ich bitte Sie. Beruhigen Sie sich. Doktor Gardner wird gleich hier sein und dann wird sich alles aufklären. Machen Sie sich keine Sorgen, Ihrem Kind geht es gut." Sie löst sich aus meinem Griff und zieht ihren Kittel wieder zurecht.

„Wirklich? Es lebt? Ist es gesund?", sprudelt es aus mir heraus. Ein zaghafter Hoffnungsschimmer vertreibt für den Moment Angst und Panik. Meine Tränen versiegen.

Die Schwester nickt und lächelt mich an. „Ich hole jetzt Doktor Gardner. Alles ist gut", sagt sie und verlässt mein Zimmer.

Das lähmende Gefühl der Unbeweglichkeit und Benommenheit zwingt mich, liegenzubleiben. Ich versuche dennoch, mich zu entspannen und ruhiger zu atmen.

Mein Kind lebt ... Diese Mitteilung ist die beste, die

ich je bekommen habe.

Endlich kommt Doktor Gardner mein Zimmer. In meiner Erleichterung ihn zu sehen, schlinge ich meine Arme um seinen Nacken, als er sich zu mir herunterbeugt.

Mich quälen tausend Fragen, aber ich weiß nicht, wo ich anfangen soll, deshalb sage ich erst einmal: „Doktor Gardner, ich bin so froh, dass Sie hier sind!"

Er setzt sich zu mir auf das Bett, nimmt meine Hand und beginnt, zu erzählen: „Sami, es ist viel geschehen in den letzten drei Tagen. Das Wichtigste zuerst: Du bist jetzt Mutter einer wunderschönen, kleinen Tochter! Wir haben einen Notkaiserschnitt machen müssen. Dein Baby liegt auf der Frühchen-Station im Brutkasten und wird bestens von uns versorgt. Es ist gesund und kann die Station sicher bald verlassen."

Ich schaue ihn an und lasse seine Worte in mir wirken: Ich bin jetzt Mutter.

Der Kaiserschnitt erklärt auch die Schmerzen im Bauch. Jetzt wird mir einiges klar. Aber was sagte er da eben noch? Drei Tage? Was meint er mit drei Tagen?

Jetzt sprudelt es aus mir heraus: „Doktor Gardner, das sind wundervolle Nachrichten. Ich bin froh, dass es meiner Emily gut geht! Ich kann mich an Nichts erinnern, aber ich bin sehr erleichtert, dass Sie meine Tochter gerettet haben. Was meinten Sie, als Sie eben sagten, dass in den letzten drei Tagen viel passiert sei?"

Langsam kehrt meine Erinnerung zurück, Stück für

Stück setzen sich Bruchteile zu einem komplexen Bild zusammen: Wir waren am Haus, das ich von Doktor Gardner gerade angemietet hatte, er ging hinein, dann ein Schrei … und dann war da dieser komische blonde Typ mit den auffälligen Augen. Was hatte das alles zu bedeuten?

Mein Glücksgefühl, eine Mama zu sein, wird kurzzeitig von negativen Gedanken getrübt. Ich schaue Doktor Gardner fragend an und harre auf Antworten.

In sanftem Ton erklärt mir der Arzt: „Sami, du bist jetzt seit drei Tagen hier bei mir im Krankenhaus. Wir haben dich ruhig gestellt, weil du vor meinem Haus zusammengebrochen bist. Deine Hämatemesis hat dir zu schaffen gemacht, denn du hast wieder Blut gespuckt. Hätte ich dich nicht gleich gefunden, dann hättest du daran ersticken können. Auch für deine kleine Emily hätte das gefährlich werden können, daher haben wir entschieden, einen Kaiserschnitt vorzunehmen. Es musste alles sehr schnell gehen. Emily ist übriges ein sehr schöner Name … er bedeutet die Sanfte, die Milde und die Eifrige. Wusstest du das?"

Ich schüttle den Kopf und antworte mit leiser Stimme: „Nein, das wusste ich nicht. Mit gefällt der Name einfach … aber die Bedeutung passt doch prima zu meiner Kleinen. Wann darf ich sie sehen? Ich möchte sie unbedingt sehen!"

Doktor Gardner nickt zustimmend und fährt fort: „Du kannst dein Kind nachher sehen. Ich werde dich zur

Station bringen. Aber nochmal zurück zu dem Tag, an dem das alles passiert ist … Ich ging ins Haus, während du draußen gewartet hast. Erinnerst du dich? Ich habe Charlotte und Lilly im Haus gesucht. Doch sie waren nicht da. Auf dem Wohnzimmertisch fand ich einen Zettel, den meine Frau für mich dort deponiert hatte. Sie schrieb, dass jemand um das Haus herumschleichen würde und sie Angst hätte. Sie würde mit Lilly zu meinen Eltern fahren und dort auf mich warten. Scheinbar kam ihr dieser Mann unheimlich vor. Ihre Zeilen waren fast unleserlich, wahrscheinlich musste sie sich beeilen. Als ich aus dem Fenster sah, standest du noch immer vor dem Haus, doch ein wenig weiter entfernt. Wahrscheinlich bist du ein wenig herumgelaufen. Plötzlich entdeckte ich einen Mann, der sich langsam an dich heranschlich. Um dich zu warnen, habe ich laut deinen Namen gerufen und bin zu dir hinausgelaufen."

Das war also der Schrei, an den ich mich erinnern konnte.

„Als du dich umgedreht hast", sprach Gardner weiter, „packte der Typ dich am Arm und sagte etwas zu dir, was ich aber nicht verstehen konnte, da ich noch zu weit entfernt war. Dann bist du zusammengebrochen und dir lief Blut aus dem Mund. Zuerst dachte ich, der Kerl hätte dich niedergestochen, aber das war zum Glück nicht der Fall. Er beugte sich noch einmal zu dir hinunter, flüsterte etwas in dein Ohr, sprang auf, rannte zu seinem Auto, stieg ein und raste dann davon, als wäre der

Teufel hinter ihm her. Ich habe dich dann sofort ins Krankenhaus gebracht. Hast du eine Ahnung, wer das war?"

Ich brauchte einen Moment, um die Worte von Doktor Gardner zu verarbeiten. Ich erinnere mich an diesen Mann mit den blonden Haaren und den ungewöhnlichen Augen. Er hatte etwas zu mir gesagt? Ja, irgendetwas hat er mir direkt ins Ohr gesagt ... Ich erinnere mich jetzt auch an seine Stimme: leise und auffällig langsam. Er betonte bestimmte Silben besonders, dadurch klang er irgendwie merkwürdig. Aber ich erinnere mich nicht daran, *was* er mir gesagt hatte. So sehr ich auch versuche, mich zu konzentrieren, die Worte des Mannes in mein Gedächtnis zu rufen ... sie sind weg, zumindest für den Moment. Bei dem Versuch, meine Gedanken zu sortieren, überkommt mich ein ungutes Gefühl. Kalte Schauer laufen mir über den Rücken. Was auch immer dieser Mann zu mir gesagt hat, es hat mir Angst gemacht, das spüre ich genau.

Doktor Gardner fährt fort: „Samantha, was immer dieser Mensch von dir gewollt hat, hier bist du sicher. Ich habe die Polizei über den Vorfall informiert. Wenn du wieder auf den Beinen bist, werden sie sicherlich einige Fragen an dich haben. In deiner Tasche hat mehrfach ein Handy geklingelt. Ich habe mir erlaubt, ein Telefonat entgegenzunehmen. Es war eine sehr nette Dame, die sich Sorgen um Dich gemacht hat. Eine Miss Devaley oder Devaney hat versucht, dich zu erreichen. Sie hat dich gestern mit ihrem Sohn Joshua hier im Krankenhaus für ein paar Minuten besucht. Von ihr sind auch die Blumen auf dem Tisch. Ich habe ihr erklärt, was passiert ist. Und Joshua hat auch das Auto abgeholt. Du brauchst dich also um nichts mehr zu kümmern. Vielleicht meldest du dich bei den beiden, wenn es dir besser geht. Sie schienen sehr besorgt zu sein. Auch von Charlotte und Lilly soll ich dir Grüße ausrichten. Aber jetzt erhole dich erst einmal wieder. Du hast von uns viele Medikamente bekommen, um dich ruhigzustellen. Nur so konnten wir dich und dein Kind retten. Jetzt brauchst du Zeit zur Erholung. Du solltest möglichst viel schlafen."

Ich nicke zustimmend. Die Erinnerungen lassen sich nicht heraufbeschwören. Nicht jetzt … vielleicht später.

„Kann ich jetzt bitte mein Kind sehen?", frage ich. „Ich muss wissen, dass es der Kleinen gut geht. Bitte!"

„Ja, Sami, jetzt bringe ich dich zu Emily. Bitte steh nur langsam auf. Die Wunde vom Kaiserschnitt ist noch frisch. Komm, ich helfe dir."

Er reicht mir seinen Arm und ich ziehe mich vorsichtig an ihm hoch. Meine Knie sind weich und ich habe das Gefühl, keine Kraft zu haben. Trotz des energiespendenden Gedankens an meine Tochter kann ich mich nur mit Mühe auf den Beinen halten.

Bisher war es mir noch gar nicht aufgefallen, dass Gardener mich duzte, seit er das Krankenzimmer betreten hatte. Ich war sosehr mit meinen Gedanken beschäftigt, dass ich es ignoriert habe. Andererseits ist es gleich, schließlich bin ich auch mit seiner Frau zu der vertraulichen Anrede übergegangen. Demnach sind meine diesbezüglichen Gedanken nicht weiter von Belang. Dennoch … ich bleibe vorläufig beim respektvollen ‚Sie‘ …

Ich lasse mich von Doktor Gardner über den Flur des Krankenhauses führen. Schritt für Schritt … bis zu einer großen Glasscheibe. Durch sie kann ich mehrere Babys sehen, einige schlafen, ein anderes schreit, einige schauen einfach in die Luft. Im hinteren Teil des Raumes befindet sich ein abgetrennter Bereich, in dem ein ‚Brutkasten‘ steht. Darin liegt ein winziges Bündel Mensch. Ein Baby … Ich fühle es, das ist meine Emily.

Ich schaue Doktor Gardner an, Tränen glitzern in meinen Augenwinkeln und dennoch muss ich lächeln. In mir herrscht ein emotionales Chaos aus Freude, Sorge, Erleichterung.

„Komm, wir gehen hinein." Gardner schmunzelt. „Du sollst jetzt deine Tochter kennenlernen."

Seine Worte klingen so friedvoll, sie geben mir Sicherheit.

Ein leises „Ja, bitte!" kommt über meine Lippen.

Wir durchqueren das Babyzimmer – ich gehe dazu auf Zehenspitzen, weil ich keinen Lärm machen will. Es riecht nach süßlichem Babypuder. Eine Kinderschwester lächelt uns zu. Eine andere begleitet uns zu dem separierten Raum mit dem Brutkasten.

Da liegt sie, die kleine Emily. Da ich ja bereits im achten Monat schwanger war, erscheint sie nur wenig kleiner als die anderen Neugeborenen.

Sie atmet ruhig und hin und wieder bewegt sie ihre kleinen Händchen und Füßchen. Das Glücksgefühl, das sich jetzt in meinem ganzen Körper ausbreitet, ist nicht zu beschreiben. Sie ist mein Kind. Sie bedeutet mir alles. Für sie würde ich bedenkenlos mein eigenes Leben opfern. Alle negativen Gedanken und Ängste sind verflogen, zumindest für den Moment.

Doktor Gardner raunt: „Emily ist vollkommen gesund. Sie atmet selbstständig. Durch den Schlauch ernähren wir sie derzeit, damit sie noch etwas zunimmt. Sie ist auf dem besten Weg, du brauchst dir also keine Sorgen zu machen. Setz dich hier hin, dann gebe ich dir die Kleine in den Arm.“

Er deutet mit der Hand auf einen Sessel, der direkt neben dem Brutkasten steht. Vorsichtig lasse ich mich in den Sessel sinken. Für einen Moment spüre ich meine Bauchwunde, aber bei dem Gedanken, dass ich gleich meine Tochter in den Armen halten werde, ist der Schmerz auch schon wieder verflogen.

Ich weiß nicht, wann ich das letzte Mal so glücklich war. Behutsam nehme ich die Kleine in den Arm, halte sie ganz vorsichtig und komme mir dabei etwas unbeholfen vor.

Fragend schaue ich zu Doktor Gardner.

Er nickt nur und sagt: „Du machst das genau richtig.

Ich lasse euch jetzt ein bisschen alleine. Es warten auch ein paar andere Patienten auf mich." Er begleitet diesen Satz mit einem verschmitzten Augenzwinkern. „Ich komme später wieder", verspricht er. „Dann hole ich dich ab. In der Zwischenzeit ist eine Schwester hier. Solltest du also etwas benötigen, dann kannst du dich an sie wenden. Bis später, Samantha."

Ich schenke Doktor Gardner einen seligen Blick und erwidere: „Okay, bis später. Danke ... Ich danke Ihnen von ganzem Herzen!"

Dann widme ich mich wieder ganz meiner Tochter. Ich schaue sie voller Stolz an und weiß: Du bist mein Kind, ich bin deine Mama. Und ich schwöre, dass ich eine gute und wundervolle Mama sein werde."

Behutsam küsse ich das rosige Gesichtchen und flüstere: „Willkommen im Leben, Emily. Ich bin deine Mama und ich werde für dich sorgen. Es soll dir an nichts fehlen. Ich liebe dich ... Ich liebe dich von ganzem Herzen."

Die Kleine streckt mir ihre winzigen Händchen entgegen und stößt glucksende Laute aus als würde sie genau verstehen, was ich sage.

In diese Glückseligkeit drängen sich erneut Gedanken, die sich nicht einfach auslöschen lassen: Wer war dieser blonde Mann mit den mysteriösen Augen? Was hatte er mir gesagt? Hatte Doktor Gardner vorhin nicht auch gesagt, dass er die Polizei informiert hatte?

Wo ist eigentlich mein Tagebuch? Wenn das in die falschen Hände gerät, dann bin ich geliefert. Und was war nun mit meinem Bruder? Habe ich tatsächlich einen Bruder? Wenn ja, dann ist er jetzt Onkel ...

Mein Blick richtet sich wieder auf Emily. Mir scheint es, als würde sie tatsächlich lächeln, aber vielleicht bilde ich mir das auch nur ein.

Ich nehme mir vor, mich bei Miss Devaney zu melden, wenn ich wieder bei Kräften bin. Und ich muss nachher unbedingt nachschauen, ob das Tagebuch noch in meiner Tasche ist.

Vorläufig koste ich jedoch die Zeit mit meiner Emily aus. Sie gibt mir Kraft und Hoffnung. Sie ist meine Zukunft. Gemeinsam werden wir alles schaffen. Ich werde sie beschützen. Sie wird mich die schreckliche Vergangenheit vergessen lassen. Ich werde uns ein neues, gemeinsames Leben aufbauen.

Doch selbst wenn die Liebe zu meinem Kind, das so entspannt in meinen Armen liegt, alles andere in den Hintergrund rückt, reift doch der Gedanke in mir, dass ich hier nicht lange bleiben kann. Ich muss möglichst schnell wieder auf die Beine kommen.

Ich muss weg ... möglichst bald.

11

Viel zu schnell kommt Doktor Gardner zurück, um mich in mein Zimmer zu bringen. Ich wäre gerne noch bei meiner Tochter geblieben, bemerke jedoch selbst, wie mich das anstrengt.

Erleichtert sinke ich auf mein Bett, möchte schlafen, lasse es aber nicht zu. Zuerst muss ich wissen, ob mein Tagebuch noch da ist. Ungeduldig warte ich, dass Gardner hinausgeht und rapple mich dann mühsam hoch.

In einem Schrank finde ich meine Kleidung, die gereinigt worden war und meine Handtasche. Ich drücke sie an mich, als wäre sie ein Rettungsring und schleppe mich damit zurück zum Bett.

Meine Hände zittern, als ich nach dem Buch taste. Zuerst finde ich es nicht, werde fast panisch, bis ich es schließlich doch erfühlen kann und es erleichtert hervorhole. Es scheint unberührt.

Wie gebannt starre ich darauf, als die Erinnerung an diesen eigenartigen Mann wiederkehrt. Was Doktor Gardner nicht hören konnte, hallt auf einmal dröhnend durch meinen Kopf.

„Na, kleine Sami?", hat er höhnisch gefragt. *„Du kannst dich wohl nicht mehr an mich erinnern. Dabei waren wir einmal dicke Freunde. Du, Gregor und ich.*

Franky wird hocherfreut sein, dass ich dich gefunden habe."

Oh, mein Gott. Detlef Irgendwer, sein Nachname will mir partout nicht einfallen. Er und Gregor waren die Nachbarskinder, vor denen ich mich immer so gefürchtet hatte. Aber was hatte er mit Franky zu schaffen?

Egal. Wichtig ist jetzt nur, dass er mich nicht noch einmal aufspürt. Doch wie soll ich das bewerkstelligen? Wieder einmal bin ich in einem Krankenhaus und selbst wenn ich mich davonstehlen könnte, meiner Tochter kann ich das nicht antun. Nicht, bevor sie genug Kräfte gesammelt hat.

Die Tür geht auf und außer Doktor Gardner sehe ich zwei Männer hinter ihm. Ich muss schlucken, denn instinktiv weiß ich, dass das Polizeibeamte sind. Scham vortäuschend ziehe ich die Bettdecke über mich, doch eigentlich will ich nur das Tagebuch vor neugierigen Blicken schützen.

Meine Ahnung trügt mich nicht, denn der Arzt stellt mir die beiden Beamten vor.

„Samantha, das sind Sergeant Dickerson und Officer Banes. Sie haben einige Fragen zu dem Vorfall. Soll ich dich alleine lassen, oder möchtest du, dass ich hier bleibe?"

Fieberhaft überlege ich, was wohl besser sei. Auch was ich den Beamten überhaupt sagen soll, geht mir durch den Kopf. Kann ich ihnen von Detlef und Gregor erzählen? Oder wissen sie bereits von ihnen? Oder von mir?

Dass der Kommissar, der mich bereits in Deutschland befragte und auch in Graz bei diesem Gernot war, mir nach England gefolgt ist, halte ich zwar für unwahrscheinlich, aber man kann nie wissen. *Sei vorsichtig, Sami,* flüstert es in mir. *Halt den Mund und spiel das Opfer. Gardner soll bleiben.*

Zögernd antworte ich: „Leider kann ich Ihnen nicht weiterhelfen. Doktor Gardner kann Ihnen dazu bestimmt mehr sagen, denn ich erinnere mich nicht, was geschehen ist."

„Kennen Sie den Mann, der Sie angegriffen hat?", will der Sergeant wissen.

„Nein", lüge ich ihn an, ohne den Blick abzuwenden.

„Was war es, das er zu Ihnen gesagt hat und weswegen Sie bewusstlos wurden?"

„Ich weiß es nicht. Das letzte, was ich gehört habe, war ein Schrei. Doktor Gardner hat mir erzählt, dass er mir zugerufen hat. Das ist alles."

„Könnten Sie den Kerl genauer beschreiben?"

„Tut mir leid. Es ging alles so schnell."

Nach einem Blickwechsel mit seinem Kollegen reicht mir der Officer eine Karte. „Wenn Ihnen noch etwas einfällt, rufen Sie uns an."

Er wendet sich bereits der Tür zu, doch der Sergeant taxiert mich weiterhin. „Wo werden Sie nach dem Klinikaufenthalt wohnen? Sie sind hier nirgends gemeldet."

Jetzt mischt sich Gardner ein. „Sie hat mein Haus

gemietet. Die Formalitäten erledigt sie, sobald sie entlassen wird. Wenn das alles war, dann bitte ich Sie zu gehen. Meine Patientin braucht dringend Ruhe."

Während der Doktor die Polizisten nach draußen begleitet, lege ich mein Tagebuch unter das Kopfkissen. Ich rechne fest damit, dass er zurückkehren wird, doch einige Zeit später erscheint nur eine Schwester, die eine neue Flasche mit irgendeiner Lösung an mein Bett hängt, und die Infusionsnadel in die Kanüle an meiner linken Hand steckt.

Zwei Wochen war ich im Krankenhaus. Gestern endlich wurden Emily und ich entlassen. Das allerdings nur, weil ich darauf gedrängt habe.

In Gardners Haus sind wir nicht gefahren. Das ist mir zu gefährlich, denn Detlef könnte dort auftauchen. Stattdessen sind wir nun in einem kleinen, exquisiten Hotel am Rande Londons.

Zufrieden beobachte ich meine kleine Tochter wie sie schläft. Sobald sie aufwacht, gehen wir einkaufen, denn ich habe noch nicht einmal einen Kinderwagen.

Immer wieder sehe ich zu meinem Tagebuch, das bedeckt mit Zeitungen auf einem winzigen Schreibtisch vor dem Fenster liegt. Ich kann mich einfach nicht überwinden, hineinzusehen. Mir graut davor, was ich dort lesen könnte. Andererseits weiß ich, dass ich es nicht mehr lange hinauszögern kann. Schließlich will ich mit der Aufzeichnung meines neuen Lebens beginnen. Das allerdings kann ich erst, wenn ich mit der Vergangenheit abgeschlossen habe.

Ich muss meine Monster loswerden, um ganz für Emily da zu sein.

Für heute schiebe ich mein Vorhaben wieder nach hinten, denn meine Kleine wacht auf. Jetzt werden wir uns fein machen und einen schicken Wagen für die Prinzessin besorgen.

Von der Dame am Empfang weiß ich, dass es zwei Läden in diesem Stadtteil gibt, die Babyartikel führen. Wir suchen beide auf und ich kaufe alles, was mein Mädchen braucht. Bis auf eine Tasche mit den wichtigsten Utensilien und den Kinderwagen, lasse ich alles ins Hotel liefern und gehe in einen nahegelegenen Park.

Das Wetter lädt zu einem Spaziergang ein, obwohl es schon spät ist. Doch es herrschen immer noch laue Temperaturen und Emily fühlt sich offensichtlich wohl in ihrem neuen Gefährt. Sie ist bereits wieder eingeschlafen.

Eine Weile laufe ich gedankenverloren durch den Park. Träume davon, wie mein künftiges Leben sein wird. Ich beobachte andere Mütter, die mit ihren Kindern an mir vorbeihasten, weil allmählich die Dunkelheit hereinbricht.

Vielleicht müssen sie nach Hause, um noch schnell das Abendessen zuzubereiten, bevor der Ehemann nach Hause kommt. Ja, das wird es sein, überlege ich und wünsche mir, auch so einfaches Leben führen zu können.

Mit einem lieben Mann an meiner Seite.

Irgendwie habe ich plötzlich das Gefühl, dass ich beobachtet werde. Angst kriecht mir den Rücken empor und lässt meine Nackenhaare zu Berge stehen. Wie unverantwortlich von mir, im Dunkeln mit einem Baby spazieren zu gehen!

Ein Stückchen entfernt, kaum zu erkennen durch die dichten Bäume, sehe ich Lichter. Vorbeifahrende Lichter. Dort muss die Straße sein. Beinahe erleichtert laufe ich in diese Richtung, doch je schneller ich gehe, desto lauter höre ich Schritte hinter mir.

„Sa ... mi", vernehme ich auf einmal einen leisen Singsang. „Komm zum Spie ... len. Sa ... mi ... wir war ... ten."

Über die Schulter blicke ich nach hinten. Dort ist niemand, doch im selben Augenblick prallt der Kinderwagen gegen ein Hindernis. In Panik sehe ich nach vorne und blicke in Detlefs hämisch grinsendes Gesicht.

„Verschwinde! Lass uns in Ruhe!", zische ich ihn an, versuche an ihm vorbeizukommen und nehme aus den Augenwinkeln jemanden wahr, der auf mich zuläuft.

Auch Detlef bemerkt die Gestalt. Er macht kehrt und verschwindet zwischen den Bäumen.

Die Gestalt entpuppt sich als Bobby, der mich sogleich rüde zurechtweist.

„Ma'm, Sie sollten so spät nicht alleine hier durchgehen. Schon gar nicht mit einem Baby. Sie sollten schleunigst zusehen, dass Sie nach Hause kommen."

Unerhört! Wie spricht der Kerl mit mir? Ich will schon etwas Hitziges entgegnen, als ich einen tiefen Seufzer aus dem Kinderwagen höre.

Emily zuliebe belasse ich es bei einem knappen Nicken, ehe ich weiter in Richtung Straße gehe. Der Polizist schlendert hinter mir her und ich weiß nicht, ob mich das beruhigt. In Gegenwart eines Bullen habe ich mich noch nie wohlgefühlt und daran hat sich auch jetzt nichts geändert, obwohl er mich gerade aus einer verzwickten Situation gerettet hat.

Nervös blicke ich zu den Bäumen, versuche das Dunkel zu durchdringen, um vielleicht irgendwo diesen widerwärtigen Kerl zu sehen.

Da! War da nicht gerade das Glimmen einer Zigarette zu sehen? Für einen kurzen Moment sehe ich eine teuflische Fratze zwischen dem Geäst.

„Komm spielen, Sami. Wir suchen uns ein niedliches Kätzchen. So wie früher."

Ein kalter Schauer läuft mir über den Rücken. Zielstrebig folge ich dem Weg zur Straße und haste, ohne einen Blick zurückzuwerfen, ins Hotel.

Die Rezeption ist nicht mehr besetzt und so muss ich die Tür mit meiner Keycard öffnen. Emily schläft noch immer friedlich. Erst als ich die Lobby betrete schlägt sie die Augen auf und gähnt mich herzhaft an.

Auf dem Zimmer bereite ich ihr ein Fläschchen, das sie sehr schnell leer trinkt. Ein braves Mädel, meine Prinzessin. Sie schläft schon fast wieder während ich ihr den Schlafanzug anziehe.

Eine Weile beobachte ich ihren Schlaf, bis auch mir die Augen zufallen.

Sami, komm zum Spielen. Wir suchen uns ein hübsches Kätzchen und sehen nach, was es unter dem Fell trägt. Und dann kannst du ihm wundervolle Flügel malen. Komm schon, Sami. Wir warten auf dich.

Die Straße ist menschenleer, als ich vor das Hotel trete. Wie unter Zwang schlage ich den Weg zum Park ein und bleibe dann vor einer Baumgruppe stehen.

Detlef wirft eine Zigarette auf den Boden und sieht mich spottend an. „Willst du Flügel malen, Sami?"

Ich hasse diesen Kerl. Aus tiefstem Herzen. Er ist schlecht. Abgrundtief schlecht. Trotzdem gehe ich langsam auf ihn zu.

Mein Atem beschleunigt sich mit jedem Schritt und ich höre das Blut durch meine Adern rauschen. Laut, als stünde ich an einem riesigen Wasserfall. Dieses Geräusch überlagert jedes andere, sodass ich nicht einmal mehr hören kann, was dieser Abschaum vor mir sagt. Ich sehe nur, wie sich seine Lippen bewegen.

Wie im Rausch trete ich vor ihn, sehe ihm ins Gesicht. Ich glaube, meine Lippen verziehen sich zu einem Lächeln. Dann plötzlich fühle ich mich, als würde ich in die Lüfte katapultiert, obwohl ich nur meine Arme erhebe. Es ist ein wunderbares Gefühl der Ektase. Ein tiefer Atemzug, bevor ich wieder auf die Erde zurase, um mich erneut in den Himmel zu erheben. Immer und immer wieder steige ich empor und stürze mich in halsbrecherischem Tempo in die Tiefe.

Das laute Pochen meines Herzens ebbt langsam ab. Ich komme mir vor, als führe ich mit einer Achterbahn aus schwindelerregender Höhe in einen schwarzen Abgrund.

Erschöpft lasse ich die Schultern hängen. Ich knie jetzt am Boden. Neben mir starrt mich Detlef mit leerem Blick an. Er regt sich nicht.

Es ist gut. Die Engel werden sich um ihn kümmern. Ich muss ihm nur noch Flügel malen, dann kommen sie ihn holen.

Die Flügel, die ich ihm male sind nur klein. Eigentlich hat er es nicht verdient, dass ihn die Engel holen. Er soll in der Hölle schmoren.

Meine Hände sind voller Blut und auch das Messer, das auf meinem Schoß liegt ist voll davon. Ich raffe ein paar Blätter zusammen und reinige die Klinge und meine Hände notdürftig, bevor ich mich von Detlef abwende und den Park verlasse.

Noch immer ist die Straße menschenleer. Nur hinter wenigen Fenstern brennt Licht. Die Leute werden nicht sehen, wenn die Engel kommen, um Detlef zu holen.

Befreit aufatmend kehre ich zum Hotel zurück. Ich hole meine Key-Card hervor, doch in dem Moment, als ich sie in den Schlitz stecken möchte, öffnet sich die Tür.

Ein älteres Ehepaar, bepackt mit Taschen und Koffern kommt heraus und ich schlüpfe hinein.

Ein glucksender Laut weckt mich. Emily liegt neben mir und strampelt vergnügt mit den Beinen. Was für ein merkwürdiger Traum. Beängstigend und doch seltsam erregend. Verschlafen trotte ich ins Badezimmer. Emily und ich müssen weiter. Hier sind wir nicht sicher, wie sich gezeigt hat. Detlef hat uns erneut aufgespürt. Ich muss vorsichtiger sein und meine Spuren besser verwischen.

Nach der Morgentoilette gebe ich meiner Tochter zunächst das Fläschchen und beginne dann zu packen. Es hat sich allerhand angesammelt, das ich dieses Mal jedoch nicht zurücklassen werde. Von mir soll gar nichts hier bleiben. Ganz so, als hätte ich nie existiert.

Emily lege ich in ihren Kinderwagen und räume die letzten Dinge in den Koffer. Zuletzt nehme ich meine Handtasche, lege mein Messer, das unter dem Kopfkissen liegt, hinein und trete danach an den Schreibtisch.

Ein Eichenblatt am Boden zieht meine Blicke auf sich. Es liegt, halb eingeklemmt unter einem Stuhlbein. Wie ist es dort hingekommen? War das Stubenmädchen unachtsam?

Ich bücke mich, um es in den Mülleimer zu werfen. Blut klebt daran.

Ganz kurz durchzuckt mich der Traum der vergangenen Nacht, doch ich schüttle ihn ab. Das ist nicht möglich, rede ich mir selbst ein und werfe das Blatt in die Toilette, um es wegzuspülen.

Wieder gehe ich zu dem kleinen Schreibtisch. Die Zeitungen, die mein Tagebuch bedecken, schiebe ich zur Seite und nehme es in die Hand. Mein rotes Tagebuch. Kalt und klebrig. Bedeckt mit dem Blut, das nie trocknen will.

12

Voller Angst erstarre ich in meiner Bewegung. Erst Emilys Schrei lässt mich aus meiner Trance erwachen und meine Glieder gehorchen. Eilig laufe ich zu ihr hinüber und nehme sie auf den Arm, woraufhin sie beruhigt in einen leichten Schlaf fällt.

Mir selbst ist gleichzeitig heiß und kalt. Ich kann unmöglich ruhig in diesem Zimmer sitzen. Doch bin ich draußen sicher? Detlef, Gregor, Franky... Sie alle könnten dort sein. Sie alle könnten hier bei mir sein. Der Schweiß läuft über meine Stirn und vermischt sich langsam mit den Tränen, die ich vor meinem Baby immer wieder zu unterdrücken versuche.

Als ich sicher bin, dass Emily tief und fest schläft, lege ich sie vorsichtig zurück in den Kinderwagen. Ich habe das Bedürfnis, meine Hände zu waschen, eiskalt ... Das kühle Wasser rinnt über meine Pulsadern und kann mich wenigstens ein bisschen beruhigen. Jedes noch so leise Geräusch lässt mich aufschrecken und das Schlimmste befürchten.

Ich hoffe insgeheim, dass es vorüber geht, dass es irgendwann ‚gut' sein könnte. Doch eigentlich ist mir auch von Anfang an klar gewesen, dass es nicht mehr gut werden kann. Ich bin eine Mörderin. Ich habe eine vergessene Vergangenheit, vor der ich mich selbst am meisten zu fürchten scheine.

Wie gerne würde ich endlich damit abschließen, aber wird mir das je gelingen? Werden sie mich je in Ruhe lassen und mich meine Zukunft mit meinem kleinen Baby leben lassen? Ich bezweifle, dass dieser Umstand je eintreten wird. Viel zu groß ist die Gier der Männer nach der kleinen Emily. Viel zu groß deren Grausamkeit. Sie sind einfach unberechenbar ...

Ich greife nach dem Handtuch und trockne meine Hände ab. Ein Blick in den Spiegel verrät mir, wie sehr dies alles an mir nagt. Die dunklen Augenringe sind Zeichen meiner Schlaflosigkeit und die eingefallenen Wangen zeigen meine Appetitlosigkeit. Mit ein wenig Makeup und einem lockeren Oberteil bekleidet verlasse ich das Bad und murmle leise vor mich hin.

Abrupt bleibe ich stehen, als ich bemerke, dass ein Fenster offen steht. War jemand in meinem Zimmer? Das hätte ich doch gemerkt! Mir hätte doch etwas auffallen müssen!

Eilig laufe ich zu Emilys Kinderwagen. Doch er ist leer.

„Emily!", schreie ich heraus. „Emily!" Immer und immer wieder rufe ich ihren Namen. Mit jeder verstrichenen Sekunde steigert sich meine Angst.

Wie von Sinnen renne ich aus dem Zimmer, die Stiegen hinunter, in die Lobby. Aber es ist niemand mit einem Baby im Arm zu sehen.

Plötzlich berührt mich jemand am Rücken. Ruckartig

drehe ich mich um und schaue direkt in die dunklen Augen von Joshua. Joshua? Was macht er denn hier? Miss Devaney habe ich schon lange nicht mehr erreicht. Woher weiß er, wo ich bin? Was will er von mir? Viel zu lange starre ich ihn verständnislos an.

„Was ist denn los, Sami?", fragt Joshua mit seiner ruhigen Stimme, die mir immer so vertrauenerweckend vorkam.

Aber nun nicht mehr. Er stellt sich mir in den Weg und will mich daran hindern, das Hotel zu verlassen. Ich dränge an ihm vorbei, aber er will mich festhalten. Endlich reiße ich mich los und stürze ins Freie.

„Emily!", rufe ich immer wieder, während ich hektisch erst in die eine, dann in die andere Richtung laufe Doch meine Rufe verhallen im Nichts, nicht einmal Passanten sind unterwegs, die ich um Hilfe bitten könnte. Verzweifelt setze ich mich auf eine Bordsteinkante und weiß nicht, was ich nun tun soll. Pure Hilflosigkeit überrollt mich. Wo ist mein Baby?

Plötzlich höre ich ein höhnisches Lachen. Es kommt von der Hecke hinter mir.

Detlef!

Ein Baby schreit. Emily!

Wieder dieses dreckige Lachen. Dann schiebt Detlef die Zweige der Hecke zur Seite und baut sich vor mir auf. „Du hast es uns wirklich nicht schwer gemacht, Samantha..."

Provozierend kommt er näher und schwenkt Emily, die aus Leibeskräften brüllt, vor meinen Augen. Das Gesicht meines Babys ist gerötet und ich spüre einen Stich in meinem Herzen, meinen kleinen Engel so leiden sehen zu müssen. Es sind die schlimmsten Schmerzen, die ich bis jetzt ertragen musste.

Grinsend beobachtet Detlef, wie ich mich aus meiner – wie mir vorkommt – devoten Sitzhaltung erhebe.

Immer wieder flüstere ich mit zitternder Stimme: „Nicht weinen, mein Baby. Nicht weinen. Mama ist doch hier. Alles wird gut, mein kleiner Engel. Wir können bestimmt gleich wieder gehen. Detlef lässt dich sofort zu mir.

Detlef bricht in ein fieses Gelächter aus. „Das glaubst auch nur du. Oder?", grölt er.

Aber er ist zu selbstsicher. Glaubt, ich bin noch immer die langsame Samy von früher. Und vor allem unterschätzt er die Beschützerinstinkte einer Mutter

Ich nutze die Chance, die Detlef mir durch seine momentane Unachtsamkeit bietet. Mit einem Sprung bin ich so nah bei ihm, dass ich ihm Emily entreißen kann. Das Adrenalin schießt durch meinen Körper. Ich bin bereit, mein Kind zu verteidigen, wenn es sein muss.

Doch Detlef ist so perplex, dass er nicht einmal reagiert und nur staunend den Mund offenhält.

Schritt für Schritt gehe ich rückwärts, mein Herz klopft laut … Emily presse ich fest an mich. Sie hat aufgehört zu weinen.

Während ich mich zurück zum Hoteleingang bewege, lasse ich Detlef nicht aus den Augen.

„Das war's noch nicht!", faucht er böse und fixiert mich mit seinem Blick. „Das nächste Mal kriege ich sie! Mit Sicherheit!"

„Es wird kein nächstes Mal geben, Detlef!", brülle ich ihm entgegen.

Die Entfernung zwischen ihm und mir ist nun groß genug. Ich drehe mich um und laufe fast Joshua in die Arme, der scheinbar alles mitverfolgen konnte, da er mir einen fragenden und gleichzeitig hilflosen Blick zuwirft.

Ich habe im Moment keine Zeit oder Muße, ihm etwas zu erklären. Vielmehr dränge ich ihn ein wenig zur Seite und laufe an ihm vorbei in die Lobby des Hotels und setze mich in den erstbesten, bequemen Sessel.

Mein Adrenalinspiegel sinkt, ich realisiere die Gefahr, in der sich mein Kind befunden hat. Die Panik, die mich erfasst hatte und die Gewissheit, dass ich hier absolut nicht mehr sicher bin. Höchstens für den Moment ...

Es ist ein Ausdruck der Hilflosigkeit, mit dem ich Emily fest an mich drücke. Gerade so, als könne mein Baby mir Stärke und Zuversicht verleihen.

Joshua kommt näher und setzt sich mir gegenüber. Er spricht kein Wort und scheint zu warten, dass ich mit dem Erzählen beginne

Ich kann Joshua nur bruchstückhaft mitteilen, was passiert ist: „Ich kann es dir nicht erzählen, nur soviel, dass dieser Mann mich seit längerem verfolgt und mir mein Baby wegnehmen will."

Joshua sitzt noch immer still da, nickt aber verstehend.

„Wenn du mir helfen willst", rede ich einfach weiter, „dann komm mit hinauf und hilf mir, meine Sachen aus dem Zimmer zu holen. Hier bin ich nicht mehr sicher."

Wortlos steht er ebenfalls auf, als ich mich erhebe, und begleitet mich zu meinem Zimmer.

Die Tür ist nur angelehnt.

Die Koffer sind geöffnet, der Inhalt durchwühlt.

Ein dicker Kloß sitzt in meinem Hals und nimmt mir beinahe dem Atem. Ich muss hier raus, raus aus dem Hotel und wer weiß wohin …

Ich lege Emily vorsichtig auf das Bett, damit ich alles wieder in die Koffer packen kann. Die restlichen Dinge stopfe ich in meine Reisetasche.

Joshua wartet inzwischen am Flur und passt auf.

Ich haste zum Schreibtisch und will das Tagebuch holen. Doch wenn ich die Zeitungen, unter denen ich es versteckt hatte, noch so sorgfältig auseinandersortiere … Das Tagebuch ist nicht mehr da! In Panik durchsuche ich jeden Winkel des Zimmers.

Da fällt mein Blick auf Emily, die mich zu beobachten scheint. Und mir wird folgendes klar: Sie ist meine einzige Freude, mein Baby, das ich liebe. In diesem Augenblick wird mir das Tagebuch egal. Einzig und allein die Zukunft meines Kindes ist wichtig.

Die Koffer lasse ich von einem Hotelpagen nach

unten bringen.

Mit der Tasche um die Schulter und meiner Tochter im Arm verlasse ich das Zimmer.

„Joshua, bitte bring mich zu meinem Haus, ich will hier weg!"

„Okay. Es ist egal, was war. Ich bring euch, wohin du willst."

Er legt den Arm um meine Schulter und gemeinsam verlassen wir diesen Ort.

13

Joshua hat mir während der Fahrt keine Fragen gestellt und ich wette darauf, dass er viele hat.

Wie auch nicht? Ich selber habe auch mehr als genug davon. An mich. An mein Tagebuch, welches alle Antworten für mich hätte. Doch es befindet sich nicht mehr in meinen Besitz und die Lücken in meinen Erinnerungen werden bleiben.

Doch Joshua hat die ganze Zeit über geschwiegen. Es ist ein angenehmes Schweigen. Warm und wohltuend. Wie eine Umarmung. Er ist einfach für mich da, wenn ich ihn brauche. Da sind keine Ansprüche an mich, kein Drängen und Fordern. Nur Ruhe. Balsam für meine Seele.

„Ich besorge uns etwas zu essen", höre ich noch, ehe er wieder ins Auto steigt und losfährt.

Wird er zurückkommen? Ist er Freund oder Feind?

Jetzt stehe ich in dem Haus am Fenster und sehe hinaus in die Dämmerung ohne wirklich etwas wahrzunehmen.

Hätte mir jemand vor einigen Monaten gesagt, dass ich mit meinen Freunden nicht in dieses Haus einbrechen würde, sondern einen Schlüssel dazu besäße, hätte ich diesen Menschen ausgelacht. Sehr laut und sehr lange. Zum einen natürlich, weil ich damals noch in Berlin gelebt habe und zum anderen war es viel zu abstrakt zu denken, dass ich jemals hier stehen könnte. Aber ich bin hier. Ich und Emily.

Es scheint mir, als wären wir endlich in einem Zuhause angekommen.

Emily schläft friedlich. Mein kleiner Engel. Die Sonne meines Lebens, nachdem ich so lange im Schatten gelebt habe.

Es könnte alles so gut sein. Ich habe eine kleine Tochter. Sie ist gesund und ich liebe sie mehr als alles auf der Welt. Wir sind in diesem Haus, welches so behaglich ist und so unglaublich viel Geborgenheit vermittelt. Ein guter Ort um ein Kind aufzuziehen. Wenn auch nur auf Zeit.

Wir müssen uns nicht um Finanzen sorgen und es könnte uns so gut gehen. Vielleicht mit Joshua? Es ist wirklich wie in einem Märchen.

Ich muss es wahr werden lassen. Es muss einfach sein, sonst werde ich mich mein Leben lang verfolgt fühlen.

Aber wie soll ich das schaffen?

Egal, was ich mache oder wohin ich mich wende, sehe ich mich umgeben von den Schatten aus der Vergangenheit. Sie treiben mich in ein dunkles Märchen, in dem die Heldin verfolgt und niedergestreckt wird, wenn sie es nicht schafft, ihre Widersacher zu beseitigen. Die besitzergreifende Dunkelheit ist immer da. Es ist keine Einbildung, keine unbegründete Angst und auch kein

Zeichen dafür, dass ich den Verstand verliere.

Die Schatten sind nur zu real und sie bedrohen nicht nur mich, sondern auch meinen kleinen Schatz.

Ich fühle mich hilflos, ausgelaugt und ich weiß nicht was ich tun soll.

Alles was ich sicher weiß ist, dass ich nicht weglaufen kann. Nicht schon wieder. Flucht kann nicht die einzige Lösung für mein Problem sein. Ich kann noch nicht einmal behaupten, dass es mir tatsächlich jemals geholfen hat, wegzulaufen. Dass ich meine Tante verlassen hatte, bildet die einzige Ausnahme. Mehr oder weniger zumindest.

Aber selbst wenn es für mich eine Option wäre, wieder alle Brücken hinter mir zu verbrennen, so ist es der falsche Weg für Emily.

Ich möchte für sie da sein. Will ihr eine gute Mutter sein und ihr alles geben was ich nach dem Tod meiner Eltern so schmerzlich vermisst habe. Doch wie soll das gehen, wenn wir beide nie wissen, ob wir morgen noch in demselben Bett aufwachen wie Tags zuvor?

Meine Augen werden schwer. Ich bin so müde. Nur noch müde. Die Fensterscheibe verschmilzt mit der Umgebung vor dem Haus zu einer riesigen Leinwand.

Plötzlich ist mein Körper wie elektrisiert. War da eine Bewegung in den Schatten unter den Bäumen? Ich sehe genauer hin. Meine Muskeln sind angespannt und mein Herz rast.

Unablässig starre ich auf die Stelle, an der ich gerade eine Bewegung wahrgenommen habe. Ich wage es nicht mich zu bewegen, aus Angst mich zu verraten, so unsinnig dieser Gedanke auch ist. Aber ich klammere mich an ihn, wie ein Ertrinkender.

Da! Schon wieder!

Gerade will ich zu Emily laufen, sie auf den Arm nehmen und überlegen, wie ich uns verteidigen kann, als ein Hase aus dem Gebüsch hoppelt.

Ich atme erleichtert auf. Es war einfach nur ein Hase. Ich lache und fühle, wie die Anspannung sich löst.

Die Emotionen gewinnen Oberhand. Völlig aufgelöst sinke ich auf meine Knie und verberge mein Gesicht in den Händen. Schock, Angst, Erleichterung zwingen Tränen in meine Augen.

Es dauert eine Weile, bis ich mich wieder beruhigen kann.

Ich lausche in die Stille hinein. Emily ist nicht wach geworden und ich stehe auf, um nach ihr zu sehen. Sie schläft friedlich. Nur ihre winzigen Finger bewegen sich ab und zu, vielleicht träumt sie.

Sanft streichle ich über ihre Wange. Das Kind ist so perfekt, einfach vollkommen, so unschuldig. Nein, ich kann ihm ein Leben auf der Flucht nicht antun. Es soll glücklich und sicher aufwachsen, viele Freunde haben und sich über Hausaufgaben ärgern wie jedes andere Kind auch. Aber dafür braucht es ein Zuhause.

Ein richtiges Zuhause.

Ich will nicht mehr wegrennen. Sie würden Emily und mich immer und überall finden. Und ich merke wie die Situation, an mir zehrt. Ich kann keinen klaren Gedanken fassen. Viel zu viele Fragen schieben sich immer wieder dazwischen und lenken mich ab. Sie lassen mich nur immer wieder weglaufen. Aber damit ist jetzt Schluss!

Sollen sie kommen ... „Ich passe auf dich auf, Schatz!", verspreche ich Emily flüsternd.

Tatsache ist, dass ich nur noch reagiere. Damals, in Berlin, war ich es, die Entscheidungen für mich getroffen hatte. Nun aber reagiere ich nur auf Einflüsse von außen. Dabei habe ich mich auf ein Leben gefreut, das nur mir gehört. Ein Leben mit Emily.

Jetzt gehört es mir gerade nicht. Es gehört schlechten Menschen und ich will es wieder zurück haben!

Dazu brauche ich mein Tagebuch. Ich kann mein neues Leben, mein neues Tagebuch nicht anfangen, wenn ich mich den Gespenstern meiner Vergangenheit nicht gestellt habe. Es war richtig, dass ich es nicht gelesen habe, als ich schwanger war. Ich musste dieses Buch von meinem Kind fernhalten. Nun aber brauche ich es, um zu wissen, was noch auf uns zukommt.

In diesem seelischen Dilemma in dem ich mich befinde, kann ich es mir aber auch nicht zurückholen. Von wo auch? Ich weiß nicht einmal, wer es hat. Selbstverständlich gibt es da eine Vermutung. Doch es ist nur ein vager Gedanke und so angeschlagen, wie ich gerade bin, könnte ich diesen Überlegungen nicht einmal auf den Grund gehen.

Mein Blick fällt wieder auf meine Tochter. So vollkommen und so unschuldig.

Ich muss für sie da sein und sie beschützen. Mit diesem Gedanken lasse ich mich einfach auf den Boden sinken und schlafe dort, zusammengerollt wie eine Katze, ein. Ich merke nicht einmal, dass Joshua hereingekommen ist und eine Decke über mich legt. Ich bin zu müde und erschöpft. Die letzte Zeit verlangt einen Tribut.

Leise verlässt er das Zimmer und macht sich mit den Einkäufen in der Küche zu schaffen.

Das Erwachen am Morgen ist sehr schmerzhaft. Mein Körper ist ganz steif. Kann es wirklich sein, dass man sich so schnell an den Luxus eines Bettes gewöhnt?

Ungelenk erhebe ich mich und wundere mich kurzzeitig über die Decke, die auf mir gelegen hat. Ich denke nicht weiter darüber nach und schlurfe zu Emilys Bettchen. Die Kleine sieht mich aus glänzenden Augen an und nuckelt zufrieden an ihrem Fäustchen.

„Da ist ja jemand wach", sage ich liebevoll und hebe meine Kleine hoch, um ihr eine frische Windel anzulegen.

Ich drücke Emily an mich und atme ihren Geruch tief ein. Als würden sanfte Finger über meine malträtierten Nerven streichen und die Anspannung verscheuchen.

Und plötzlich weiß ich, was ich machen möchte.

Bereits gestern war mir klar gewesen, dass ich in dieser Situation nicht fortlaufen kann. Wegen Emily und dem Tagebuch. Und auch, weil ich meinem Körper eine weitere Flucht nicht mehr zumuten kann.

Detlef hat mich gefunden, weil ich auffalle. Daran hätte ich vorher denken müssen. Eine jugendliche Schwangere, die über enorm viel Geld verfügt, fällt jedem auf und ich habe ja selber gemerkt, wie nützlich ein üppiges Trinkgeld sein kann.

Ich habe Dokumente unterzeichnet. Für das Haus in Österreich zum Beispiel. So etwas hinterlässt nachhaltigen Eindruck. Mit so viel Geld war es unmöglich spurlos zu verschwinden.

Nun, die Aussage ist so nicht ganz richtig. *Mir* ist das nicht möglich. Warum?

Da ich noch nie zuvor soviel Geld besaß, habe ich mir auch nie Gedanken darum gemacht, was man damit alles machen kann. Zumindest hatte *ich* keine Überlegungen, die über das normale Träumen hinausgegangen waren.

Ich lächle noch immer, als ich Emily das Fläschchen gebe.

„Wir bleiben hier, kleine Maus", flüstere ich ihr zu. „Das ist ab sofort unser Zuhause und wir lassen es uns nicht einfach so wegnehmen!"

Als ich das Haus ausgesucht habe, dachte mein Unterbewusstsein wohl schon weiter: Das Cottage liegt hervorragend, beziehungsweise als ob man es speziell für mich hier gebaut hat. Besser hätte ich es nicht treffen können. Und es ist perfekt für Emily.

Wenn die Lage schon so optimal ist, stimmt sicher auch alles andere ... Und meine Erfahrungen, die ich in Berlin gesammelt habe, werden mir helfen, genau das herauszufinden.

Ich werde prüfen, wie leicht oder schwer man in mein Haus kommt und ich werde mögliche Sicherheitsmängel beseitigen. Sicher darf ich keine baulichen Maßnahmen vornehmen, aber es gibt andere Möglichkeiten, die ich ausschöpfen kann.

Ich werde mir einen Weg suchen, den ich mit Emily zur Flucht nutzen kann, sollte es keinen anderen Ausweg mehr geben.

Jeden einzelnen Raum in diesem Gebäude werde ich kennenlernen. Und zwar ganz genau. Ich werde mich auch in totaler Finsternis sicher bewegen können. Etwas, das weder Detlef noch Franky nicht von sich behaupten können ...

Bisher nutzten sie den Vorteil, dass sie mich vor sich hergetrieben haben. Sie haben mir ununterbrochen Angst gemacht, bis sich meine Gedanken selbst gejagt haben. Immer im Kreis herum, so dass mir schwindelig wurde.

Meine Entscheidungen waren dennoch gut. Aber ich hätte sie nicht getroffen, wenn ich mich nicht bedroht gefühlt hätte. Aber Hätte Wenn und Aber helfen mir jetzt auch nicht mehr.

Ich bin hier. Emily ist hier und ich möchte eine gute Mutter für sie sein. Für sie da sein kann ich aber nicht, wenn ich wie ein gehetztes Tier lebe oder im Gefängnis sitze. Mir darüber Gedanken zu machen, ob es – juristisch gesehen – Mord ist oder Affekt oder was weiß ich, ist wenig hilfreich. Ich kann mich nicht auf ein Vielleicht verlassen. Emily kann es auch nicht.

Aber sie kann sich auf mich verlassen. Sie wird zum Kindergarten gehen können und zur Schule. Emily wird viele Freunde finden und mich später in den Wahnsinn treiben, wenn sie sich für Jungs interessieren wird. Ja, sie soll ein ganz normales Leben haben. Und verdammt noch mal! Ich werde ihr das ermöglichen!

Ich werde zur Ruhe kommen und das wird bewirken, dass auch mein Kopf wieder frei wird.

Platz für einen Plan, wie ich wieder an mein Tagebuch komme, sobald ich herausgefunden habe, wer es hat. Ich bin nicht positiv genug, um mir einzureden, dass ich es einfach irgendwo liegengelassen habe und das kleine Wunder geschieht, dass es mir einfach so zurück gebracht wird.

Von Joshua vielleicht. Er gibt mir noch Rätsel auf, die es zu lösen gilt. War er gestern eigentlich noch zurückgekehrt?

Ich habe so tief geschlafen, dass ... Der Gedanke erschreckt mich. Was, wenn sich jemand ... zum Beispiel Detlef ... meine bleierne Müdigkeit zu Nutze gemacht hätte?

Vielleicht ist es ein gutes Omen, dass nichts geschehen ist. Was mir jetzt nicht mittelbar dazu verhilft, mein Tagebuch zu finden.

Irgendjemand hat es, und hindert mich somit, an den Inhalt zu kommen, der so wichtig für mich ist.

Ich werde wieder zu Kräften kommen und das holen, was mir gehört!

Der größte Vorteil zu bleiben ist jedoch dieses zauberhafte Wesen in meinen Armen, das zufrieden zu mir aufschaut. Und die künftige Sesshaftigkeit erlaubt mir außerdem etwas zu tun, worauf ich mich schon so lange gefreut habe: Zeit mit meiner Tochter verbringen. Alles tun, worauf ich mich so gefreut habe. Und das wird mir keiner nehmen können.

14

Auch Joshua ist wie selbstverständlich bei mir geblieben und hat es sich in einem der Gästezimmer gemütlich gemacht. Er bestand darauf, denn nach all den Vorfällen fühlte er sich nicht wohl bei dem Gedanken, mich alleine in dem Haus zu lassen, wie er mir entschieden mitteilte. Ein ‚Nein‘ wollte er einfach nicht akzeptieren.

Nun, da Joshua weiß, dass ich mich auf der Flucht befinde, fällt es mir nicht leicht, mit ihm zu reden. Ich will es ihm erklären, aber ich weiß ja selbst nicht, was Realität und was Traum ist, was von meinem Bewusstsein als Schutz ersonnen wurde und was tatsächlich alles geschah.

Nicht zu vergessen all die Drogen, denen ich ausgesetzt war, ob freiwillig oder ob man sie in mich hineingepumpt hatte. Waren am Ende einige meiner ‚Erinnerungen‘ nichts weiter als Fantasien, durch die Suchtmittel hervorgerufen?

Ich möchte glauben, dass ich eine ganz normale alleinerziehende junge Mutter bin, die einfach nur auf der Suche nach Liebe ist. Wir alle brauchen doch etwas Wärme in unserem Leben und seit dem plötzlichen Tod meiner Eltern habe ich keine menschliche Wärme mehr erlebt.

Joshua ist genauso, wie ich mir den Mann vorstelle,

der unsere kleine Familie komplettieren und Emily ein Vater sein könnte. Und ich weiß, dass es einzig an mir liegt, dass wir diesen letzten Schritt noch nicht gegangen sind. Ich habe immer noch Angst, scheue mich vor körperlichem Kontakt. Jedes Mal, wenn Joshua mich berührt, schrecke ich zurück, so als ob er mich hätte schlagen wollen.

Er ist so ganz anders, als all die anderen Männer, mit denen ich es bisher zu tun gehabt habe. Er hilft mir liebevoll mit Emily. Ich muss ja noch den richtigen Umgang mit meinem kleinen Baby lernen. Eine Mutter weiß instinktiv, wie sie vorgehen muss, aber Joshua scheint noch viel mehr zu wissen.

Er ist wirklich gut zu uns. Ich denke, ich kann ihm vertrauen. Aber noch ist da ein kleiner Zweifel, der in der hintersten Ecke meines Bewusstseins an mir nagt.

‚Traue niemals einem Mann, Sami. Du hast es doch so oft versucht, und es ist jedes Mal schiefgegangen. Sei vorsichtig. Gib nicht nach. Woher willst du wissen, dass er nicht mit Franky und Konsorten zusammenarbeitet? Sei vorsichtig! Sei vorsichtig! Sei vorsichtig!‘, hämmert mein Unterbewusstsein mir immer wieder ein.

Aber ich war doch so lange allein. Ich brauche Liebe. Vielleicht sollte ich die Gelegenheit ergreifen, wo immer sich diese bietet.

Und ich fühle eine Verbindung zu Joshua, die ich noch nie zuvor gefühlt habe. Wenn ich seinem Blick begegne, dann ist es, als würde ich auf Wolken schweben.

Das muss wohl Liebe sein. Aber darf ich meinen Gefühlen vertrauen?

Die Tage vergehen, und eine Routine schleicht sich ein, eine Routine, die ich noch nie vorher erlebt habe.

Morgens stehe ich auf, gebe Emily ihr Fläschchen und wechsle ihr die Windeln. Dann gehe ich hinunter in die Küche, wo Joshua schon mit dem Frühstück auf mich wartet.

Joshua, der Liebe, er ist immer zur Stelle, wenn ich etwas anheben oder im Haus machen will. „Nicht doch, Sami. Du musst erst richtig zu Kräften kommen. Das kann ich doch machen."

Und so verbringe ich die Tage damit, draußen auf der Terrasse zu sitzen, die Wiege mit Emily neben mir, und einfach nur zu genießen, dass ich diesem Terror vorerst entkommen bin. Hoffentlich ist das nicht nur die Ruhe vor dem Sturm.

Aber wenn mich meine Vergangenheit eines gelehrt hat, dann, dass man immer jeden Augenblick genießen sollte. Nicht nur, dass es der letzte sein könnte, nein, diese stillen Momente geben mir immer wieder die Kraft, weiterzumachen.

Eine Kraft, die ich brauche, denn es gibt Nächte, in denen ich plötzlich schweißgebadet aufwache.

Ich hatte wieder diesen fürchterlichen Traum: Engelsflügel überall. Ich konnte ihnen nicht entkommen.

Da höre ich hastige Schritte auf der Treppe.

Joshua hat sein Zimmer im Erdgeschoss, und nun

kam er so schnell er konnte angerannt.

„Was ist passiert?"

Verständnislos sehe ich ihn an. Ein Blick in die Wiege neben meinem Bett reicht schon aus. Emily ist ganz unruhig, weint und hebt mir ihre kleinen Ärmchen entgegen. Ich hebe sie aus ihrem Bettchen und spreche tröstend auf sie ein.

Mit zwei großen Schritten ist Joshua bei mir und nimmt mich und auch Emily in den Arm. Er drückt mich so fest, als wolle er mich gar nicht mehr loslassen, und gibt gleichzeitig acht, der Kleinen nicht wehzutun

„Ich habe dich schreien gehört, und bin so schnell es ging, zu dir geeilt. Ich könnte es nicht ertragen, wenn dir etwas passierte. Ich denke, ich habe mich in dich und die kleine Emily verliebt. Ich bin schon so lange alleine gewesen, und als ich dich das erste Mal in der Pension meiner Mutter gesehen habe, da war es um mich geschehen. Bitte tu mir das nicht länger an, dass du mich aus deinem Herzen aussperrst. Hab' keine Angst. Zusammen werden wir das, was dich so bedrückt, durchstehen. Ich werde immer für dich da sein."

Das war eine lange Rede für Joshua. Bisher hatte er nie mehr als ein paar Sätze gesagt. Ihm scheint es wirklich ernst zu sein. Kann es sein, dass er sich tatsächlich in mich verliebt hat? Darf ich hoffen, dass der Albtraum endlich vorüber ist?

„Sami, lass uns morgen früh gemeinsam mit Emily

einen Ausflug machen. Ich denke, das wird dir gut tun und dich auf andere Gedanken bringen. Wie wäre es denn mit einem Zoobesuch?"

Ich muss lachen, worauf Joshua mich fragend ansieht. „Emily ist noch ein Baby", erkläre ich, „sie wird wohl noch nichts von all dem mitbekommen."

„Oh!", meint Joshua nur verlegen und betrachtet angelegentlich seine Fußspitzen.

Dabei sieht er aus wie ein kleiner Junge, der etwas angestellt hat und ich spüre ein Ziehen in meinem Herzen ...

Vielleicht sollte ich die Gunst der Stunde einfach ausnutzen, meinen Gefühlen trauen und Joshuas Werben endlich nachgeben. Mich einmal richtig unbeschwert wohlfühlen können ...

Meine Entscheidung ist gefallen. „Also gut. Ich freue mich sogar schon ein wenig darauf und lasse mich überraschen, was du so alles für uns geplant hast, Joshua. Aber ich denke, jetzt sollten wir versuchen, noch etwas zu schlafen."

Nachdem ich Emily kurz auf meinen Armen gewiegt habe, um auch sie wieder zu beruhigen, lege ich sie vorsichtig in die Wiege zurück.

Verlegenheit macht sich bemerkbar. Joshuas stumme Frage, ob er gehen oder bleiben soll, beantworte ich mit einem wortlosen Blick auf das Bett, das breit genug für uns beide ist. Als wir die Decke über uns ziehen, flüstert er: „Danke. Ich werde dich nur beschützen. Alles andere hat Zeit.“

Ich schlafe, was für mich ungewöhnlich ist, sofort ein. Auch verläuft der Rest der Nacht ohne Albträume. In Joshuas Armen fühle ich mich sicher und geborgen. So als hätte ich nun meine wirkliche Heimat gefunden.

Am Morgen wache ich erfrischt und voller Tatendrang auf. Joshua hat immer noch seine Arme um mich gelegt und mich anscheinend die ganze Nacht hindurch festgehalten. Dabei schläft er immer noch tief und fest. Konnte es einen schöneren Liebesbeweis geben?

Für mich ist das nun endgültig die Bestätigung, dass ich es einfach mal mit ihm versuchen würde.

‚Nein‘, sage ich mir selbst. ‚Hab keine Angst. Ergreife die Gelegenheit. Es wird Zeit, in das Leben zurückzukehren. ‘.

Ich küsse Joshua mitten auf den Mund, nicht, weil es die Erfahrung mit dem anderen Geschlecht ist, sondern weil ich instinktiv spüre, dass er einen kleinen Beweis braucht, dass ich mich für ihn entscheide. Wenn Joshua bereit ist, sich auf mich und mein gefährliches Leben einzulassen, dann bin ich es auch.

Der Kuss hat Joshua aufgeweckt. Er zieht mich näher zu sich heran und erwidert ihn zärtlich.

„Guten Morgen, Sami. Hast du gut geschlafen? Wir sollten wohl langsam aufstehen, denn wir haben heute so einiges vor. Du weißt doch, ich möchte mit euch beiden in den Zoo gehen. Ja, ja, ich weiß, Emily ist dafür noch etwas klein. Aber es wird bestimmt trotzdem ein schöner Tag."

„Bestimmt", antworte ich und lasse Joshua erzählen.

„Da gibt es den Dudley Zoological Garden, der ist nur acht Kilometer von hier entfernt. Er hat einen Bereich für die Kleinsten, eine Farm, auf der die kleinen Kaninchen, Meerschweinchen, Hühner, Alpakas und noch viele andere Tiere entdecken können. Man darf ganz nah an die Tiere ran und sie sogar streicheln. Ich denke, du würdest es einen Streichelzoo nennen. Und du weißt doch, Tiere sind nicht nur für die Kleinen etwas Besonderes. Sie helfen auch vielen Erwachsenen, ihre Probleme zu vergessen und diese unmittelbare Begegnung hat eine beruhigende und wohltuende Wirkung auf die menschliche Seele."

Joshua ist in seinem Element und berichtet von den anderen Attraktionen in diesem Tierpark und resümiert: „Ich denke, das wird ein wunderbarer Tag mit viel Neuem werden. Das wird dich bestimmt auf andere Gedanken bringen."

Gedanklich spaziere ich bereits durch den Zoo. Wir schieben gemeinsam den Kinderwagen und ...

Beinahe überhöre ich, dass Joshua weiterspricht: „... wieder nach Hause kommen, sollten wir uns zusammensetzen und über unsere gemeinsame Zukunft nachdenken. Ich habe deinen Kuss doch hoffentlich richtig gedeutet. Du möchtest es doch auch, oder etwa nicht?"

„Natürlich möchte ich das auch", antworte ich ehrlich.

„Ich habe mir schon immer eine Familie gewünscht, Joshua. Du weißt, ich hatte es nicht leicht im Leben. Immer auf der Flucht. Kein richtiges Zuhause. Ich wünsche mir nichts sehnlicher, als endlich ein Zuhause, einen Mann und Kinder zu haben. Ein Kind habe ich ja jetzt. Und du warst so gut zu uns, hast dich so liebevoll um meine Emily gekümmert. Der Wunsch in mir, dich in unsere kleine Familie aufzunehmen, ist immer stärker geworden. Ich habe nach wie vor Angst, aber ich möchte es gerne versuchen, wenn du mit der Gefahr leben kannst, in der wir immer noch schweben."

Joshua sieht mich mit ernstem Blick an. „Darüber möchte ich später gerne mehr erfahren. Verstehe mich nicht falsch. Ich lasse mich gerne auf dieses Risiko ein, wenn es bedeutet, dass du und Emily bei mir sein werden, aber ich möchte auch gerne alles für euren Schutz tun, und das kann ich nur, wenn ich weiß, womit wir es hier zu tun haben."

„Das verstehe ich", entgegne ich und sehe dabei wohl sehr bedrückt aus.

Beschützend legt Joshua seine Arme um mich und lenkt das Gespräch in eine andere Richtung: „Für den Moment konzentrieren wir unsere Gedanken einmal auf diesen gemeinsamen Tag. Ich möchte, dass er unvergesslich für dich wird."

Während ich dusche, bereitet Joshua das Frühstück zu. Ich staune immer wieder, was er aus dem Kühlschrank herauszaubert. Wir essen, unterhalten uns über

Wetter und andere Nebensächlichkeiten und waschen noch gemeinsam ab.

Ich laufe nach oben, um Emily zu holen und ein paar wichtige Dinge einzupacken, die Baby für so einen Tag braucht: Windeln, Fläschchen und so weiter.

Durch das Fenster sehe ich, wie Joshua eine große Kiste in den Kofferraum des Autos verfrachtet. Sieht wie eine Kühlbox aus ... Ich werde mich einfach überraschen lassen.

Joshua hat recht gehabt. Die Fahrstrecke ist kurz und nach nur wenigen Minuten erreichen wir den Parkplatz des Zoos.

Als ich die Babytrage aus dem Auto nehmen will, winkt Joshua ab. „Ich habe eine Überraschung für dich", verrät er und reicht mir ein Päckchen.

Wann habe ich zuletzt ein Geschenk bekommen?

Freudig halte ich Emily wenig später das bunte Babytragetuch hin. „Schau mal, für dich, für uns. Danke Joshua!" Rasch drücke ich ihm einen Kuss auf den Mund.

„Schon gut!"

Ich denke, er lacht, weil ich mich wie ein kleines Kind über das Geschenk freue.

Ich bin noch nie in einem Zoo gewesen. Wann hätte ich denn auch dafür Zeit gehabt. Als meine Eltern noch lebten, war ich wohl noch zu klein.

Umso mehr möchte ich jetzt diese seltene Gelegenheit voll und ganz auskosten. Ausgelassen eile ich auf das nächste Gehege zu.

In meinem Glückszustand, anders kann ich meine Stimmung einfach nicht beschreiben, erscheint es mir, als würde ich schweben. Joshua hält meine Hand, auch das ist neu für mich.

Emily gluckst glücklich in ihrem Tuch, das Joshua sich vor seinen Bauch gebunden hat.

Unbeschwert und wie eine richtige Familie genießen wir diesen Ausflug.

Wir erfreuen uns an den Kapriolen der Affen, dürfen ein neu geborenes Orang-Utan-Baby bestaunen. Dabei kommt die Mutter neugierig auf uns zu, offensichtlich angezogen von meiner Emily. Ein Blick in ihre Augen, ein Blick von einer Mutter zur anderen, einfach wunderschön. Sie scheint mich ohne Worte zu verstehen. Alle Mütter der Welt verbindet die Sorge um ihre Kinder und der Wille, sie vor allem Unheil zu beschützen. Das war ein schönes Gefühl. Ich habe mich noch nie einem Tier so nahe gefühlt.

Joshua hat inzwischen seine Kamera herausgeholt und macht eifrig Fotos von meiner ungezügelten Begeisterung, mit der ich allem Neuen begegne, in dem Fall von meiner Begegnung mit den Wallabys, einer kleinen Känguru-Art.

„Für unser Familienalbum", sagt er. „Damit können wir nicht früh genug anfangen. Ich liebe es, wie sehr du dich begeistern kannst. Es ist schön, dass du zur Abwechslung einmal wieder lachst. Ich hatte schon Angst, dass du es bei all deinen Problemen verlernt hättest."

„Keine Sorge, Joshua, ich lache sehr gerne. Aber ich hatte in der letzten Zeit nicht viel Grund zum Lachen. Wenn man wie ich ständig auf der Flucht ist, sich ständig umschauen muss, hinter jeder Ecke einen Feind wähnt, dann gibt es nicht viele Gelegenheiten dazu. Wer ausgelassen lacht, wird unvorsichtig und kann nicht mehr auf die Umgebung achten. Und das konnte ich mir nie leisten. Doch heute ist alles anders. Danke für dieses unvergessliche Erlebnis. Das ist das größte Geschenk, das du mir machen konntest."

„Ich wollte einfach nur, dass du deine Sorgen vergessen kannst und dass wir unser gemeinsames Leben mit schönen Erlebnissen jenseits aller Probleme beginnen. Du wirst sehen, zusammen werden wir es schaffen, dein Leben wieder in Griff zu bekommen, die Gefahren auszuräumen und … vielleicht unsere Familie noch zu vergrößern. Ich wollte immer eine Großfamilie. Aber das kann warten. Ich freue mich einfach nur, dass du den Tag so genießt. Jetzt wird es auch langsam Zeit weiterzuziehen. Ich habe noch eine kleine Überraschung für dich geplant."

‚Die Box', schießt es mir durch den Kopf. ‚Bestimmt hat diese Überraschung mit der Box zu tun'.

Aber zuerst einmal gehen wir zum Wagen zurück

und fahren … wohin?

„Mach die Augen zu, Schatz", raunt Joshua. „Überraschungen sind doch so viel schöner, wenn man sie nicht kommen sieht. Ich habe uns einen ganz besonderen Ort ausgesucht. Du wirst schon sehen. Ich denke, er wird dir gefallen."

Als ich meine Augen wieder öffnen darf, scheint es als wäre ich im Paradies angelangt. Ein riesengroßer Park mit wunderschönen Blumen, exotischen Bäumen und einem kleinen Wasserlauf erstreckt sich vor mir. Über diesen führt eine kleine Brücke, die ich einmal in einem Buch über fernöstliche Gärten gesehen hatte. Der Park ist menschenleer. Wir scheinen die einzigen Menschen hier zu sein.

Joshua wuchtet die Kiste aus dem Auto und geht zielstrebig auf eine große Decke zu, die in der Nähe des Wassers ausgebreitet liegt.

Ich vermag nur noch zu staunen, denn Joshua hat für ein perfektes Picknick gesorgt: Kaltes Fleisch, Sandwiches, Gürkchen, Salat, er hat einfach an alles gedacht. Sogar für Nachtisch ist gesorgt. Für Emily gibt es ein Fläschchen.

Als Joshua auch noch einen Kerzenleuchter aus dem Kofferraum holt, bin ich endgültig sprachlos.

„Es soll doch alles schön festlich aussehen", sagt er. „Auch für mich läutet dieser Tag einen neuen Lebensabschnitt ein, und der soll einen guten Start haben."

In eine weitere Decke eingekuschelt genießen wir anschließend noch einen wunderschönen Sonnenuntergang. Was für ein schöner Tag das doch war. Den werde ich garantiert nie vergessen.

Joshua und ich sind uns einig, dass wir alles dafür tun werden, damit diesem Tag noch viele weitere schöne folgen sollen.

15

Gestern hatte ich abends noch lange Zeit zum Überlegen. Es wird für mich keine Glückseligkeit geben. Nicht, solange ich mein altes Tagebuch nicht wiedergefunden und gelesen habe.

Joshua hat es verdient, dass ich mich ihm voll und ganz öffne. Meine Vergangenheit ist noch nicht abgeschlossen. Warum habe ich mir vorgemacht, dass es eine glückliche Zukunft mit einem Mann für mich geben könnte? Wie soll das gehen, wenn ich selbst nicht einmal weiß, wer und was ich früher war.

Ja, es wäre wirklich vernünftiger, wenn ich ihn verlasse. Vielleicht schmerzt es eine Zeitlang, aber am Ende ist es besser für ihn. Was für mich gut ist, dass darf keine Wichtigkeit haben. Ich muss mich nur gut vorbereiten und dieses Mal darauf achten, keine Spuren zu hinterlassen.

Ich frage mich, ob ich Joshua liebe oder ob es nur Sympathie ist, die ich für ihn empfinde. Oder ist es bloß Dankbarkeit?

Bei Emily hingegen bin ich mir ganz sicher. Dieses kleine Mädchen kann man einfach nur liebhaben. Sie ist so niedlich! Ach, mein Engel – für dich würde ich sterben. Mein Blick fällt auf ihre Wiege, die Joshua vor einigen Tagen gekauft hat und in der Emily jetzt ruhig schlummert. Ihre Wangen sind rosig und im

Schlaf verzieht sich ihr kleines Mündchen zu einem Lächeln.

Vorerst verdränge ich die Gedanken an einen Plan, wie ich es am Geschicktesten anstelle, zu verschwinden, ohne dass Josh etwas bemerkt. Der Spitzname Josh gefällt mir übrigens besser als die etwas altmodische Version des Vornamens.

Es wird Zeit, etwas zu kochen. Viel habe ich noch nicht gelernt, aber Bratkartoffeln mit Spiegeleiern und Speck kriege ich schon hin. Es wird Josh freuen, wenn ausnahmsweise einmal ich koche.

Ich schenke meinem Kind noch ein Lächeln, ehe ich mich auf den Weg in die Küche mache.

Da Josh es übernommen hatte, die Einkäufe zu verstauen, muss ich erst suchen, wo sich die gewünschten Zutaten für mein ‚Menü' befinden.

Ah, ich finde die Kartoffeln in einem Korb in der sogenannten Speisekammer. Ich erinnere mich, dass meine Oma so eine hatte. Mich überkommen schmerzhafte Gefühle, wenn ich an die unbeschwerte Zeit damals denke: mit Oma und mit Papa. Früher, bevor ...

Nun gut, weg mit den Sentimentalitäten. Jetzt werden die Kartoffeln geschält. Ich begebe mich an den großen Esstisch, lege ein Stück alte Zeitung darauf und suche das Schälmesser. Als ich wieder zurückkehre, fällt mein Blick auf eine Suchmeldung, die mich in ihren Bann zieht. Es geht um mich und ich lese mit angehaltenem Atem.

Gesucht wird Frau Samantha Engelmann.
Da sie als Zeugin vermutlich eine relevante Aussage
zu einem bestimmten Tathergang machen kann, wird sie
gebeten sich unter folgender Telefonnummer zu melden
oder die nächste Polizeidienststelle aufzusuchen.
Es folgt eine ellenlange Telefonnummer in Öster‐
reich. Vermutlich der zuständige Posten vor Ort,
schlussfolgere ich. Sami, Sami ... jetzt verfalle nicht in
Panik! Denk´ nach! Was kannst du tun? Meine Gedan‐
ken rotieren. Soll ich da anrufen? Es scheint um die Sa‐
che mit meinem ‚Bruder‘ zu gehen. Denn warum sollte
man mich sonst in Österreich suchen, um eine Aussage
zu machen? Wichtig scheint es auf jeden Fall zu sein,
sonst wäre die Suchanzeige nur auf Österreich be‐
schränkt gewesen und stünde nicht in einer englischen
Tageszeitung. Aber es könnte auch um den Albtraum in
Berlin gehen. Man hat eine Spur gefunden, die zu mir
führt ...
Bitte, bitte, liebe Engel, die ihr da seid – helft mir!
Gebt mir ein Zeichen. Wenn ich mich nicht dort melde,
wird irgendjemand hier aus der Gegend der Polizei
wahrscheinlich einen Hinweis geben. Entweder ich rufe
jetzt selbst dort an oder ich muss sofort weg! Verdammt
noch mal! Ich will nicht immer weglaufen. Mein ganzes
Leben schon, so kurz es auch sein mag, laufe ich weg. Es
reicht! Unruhig tigere ich durch die Küche.
War da nicht gerade ein Geräusch?
Es kam aus dem Schlafzimmer. Emily ! Ich fliege

förmlich zur Schlafzimmertür und reiße sie auf. Keiner da. Die Gardinen bewegen sich leicht im Wind. Warum steht das Fenster offen? Ich habe es doch vorhin nur auf Kippstellung gebracht. Mit einem Satz bin ich an der Wiege und schaue hinein. Emily schläft ruhig und friedlich, aber am Fußende des Bettchens hockt eine schwarzweiß gestreifte, sehr große Katze.

Emily erstickt, wenn sich dieses Monstervieh auf sie legt!

Die Katze faucht mich an, als ich mich ihr mit den Händen nähere, um sie hochzuheben. Ich habe Angst, Emily zu verletzen, wenn ich mich auf einen ‚Kampf‘ mit dem Katzenvieh einlasse. Aber mir bleibt keine Wahl.

Meine Panik und meine Wut auf das Tier steigen ins Unermessliche. Ich muss rasch handeln ... Zwei Schritte und ich bin beim Bett, greife dort nach dem Messer unter meinem Kopfkissen. Ich umklammere den Griff, spüre eine seltsame Energie meinen Körper durchfluten und beeile mich zurück zur Wiege. Mich anzuschleichen wäre Zeitverschwendung. Die Katze beobachtet mich, seit ich in das Zimmer gestürmt bin. Es scheint, als fühle sie, dass ihr Gefahr von mir droht. Sie lässt ein unwilliges Fauchen hören, erhebt sich, macht einen Buckel und reckt ihren buschigen Schwanz kerzengerade auf. Mit einer ruckartigen Bewegung werfe ich den ‚Himmel‘ zur Seite und packe das haarige Ungetüm. Es schlägt mit seinen Krallen nach mir. Ich will das Tier aus der Wiege heben und achte nicht auf die blutigen Spuren, welche die messerscharfen Krallen in meiner Haut hinterlassen. Mein Schmerz verliert sich in der Sorge um mein Baby.

Bin das ich, die mit dem Messer unbarmherzig auf die jaulende Katze einsticht? Das Monster versucht, sich mit einem Sprung in Sicherheit zu bringen. Darauf habe ich nur gewartet. Jetzt kommt die Mordlust bei mir durch. Ich kann das nicht mehr beeinflussen, nicht bremsen. Überall ist auf einmal Blut.

„Du wirst meinem Baby nie wieder zu nahe kommen!" ,stoße ich schnaufend aus.

Erschöpft halte ich einen Moment inne und betrachte das tote Tier. Ich brauche Kreide, um mein Werk zu vollenden. Muss doch noch weiße Flügel malen.

Nein, Sami – unterbreche ich mich selbst. Du musst nach Emily schauen. Nichts anderes ist jetzt von Belang. Ich lasse das Messer fallen, wische die Hände an meinem T-Shirt ab und beuge mich über die Wiege. Emily schläft noch. Sie hat das furchtbare Geschehnis einfach verschlafen. Ich kann nicht anders: Froh darüber, dass ihr nichts geschehen ist, hebe ich mein Baby aus dem Bettchen und drücke es an mich. Ich küsse sein Gesichtlein und auf einmal spüre ich, wie Tränen über mein Gesicht laufen. Durch meinen spontanen Gefühlsausbruch erwacht Emily. Erst verzieht sie ein wenig ihren Mund, als wollte sie weinen, dann huscht ein erkennendes Lächeln über das Kindergesicht und die Kleine patscht vergnügt quietschend mit ihren kleinen Händchen auf meine Wangen.

Ich kuschle mich mit ihr zusammen aufs Bett und streichele sanft über ihren Kopf. Da fällt mir auf, dass noch Blut an mir klebt. Ich muss die Erinnerung an das eben Geschehene abwaschen, nichts soll mehr daran erinnern.

Das Schellen der Türglocke kommt unvorbereitet. Vermutlich ist es Joshua, der von der Arbeit zurück ist. Er hat immer noch nicht von meinem Angebot Gebrauch gemacht, seinen eigenen Schlüssel zu benutzen, den ich ihm habe nachmachen lassen. Wie soll ich ihm das Blutbad erklären?

Schnell streife ich ein weites T-Shirt über die besudelte Kleidung, lege Emily zurück in ihr Bettchen. Ich muss Josh ablenken: er soll Kartoffeln schälen. Währenddessen kann ich unauffällig den Saustall beseitigen.

Der Gedanke an das offene Fenster beunruhigt mich noch immer. Ich werde mit Josh darüber sprechen. Vielleicht hat er eine Idee, wie das passiert sein könnte. Alte Häuser haben manchmal seltsame Eigenarten. Da kommt es schon mal vor, dass Fenster sich wie von Geisterhand bewegen, durch einen heftigen Windstoß von alleine öffnen ... wenn man sie nicht richtig geschlossen hat. Aber ich war mir sicher, dass ich es in Kippstellung gebracht habe, bevor ich das Schlafzimmer verlassen habe. Demnach müsste jemand mit Absicht die Katze ins Zimmer gelassen haben ...

Mit einem mulmigen Gefühl gehe ich in die Diele. Arglos öffne ich die Tür.

Wie konnte ich nur so dumm sein?

Mit einem hintergründigen Grinsen im Gesicht drängt Detlef sich rücksichtslos an mir vorbei ins Haus.

Detlef! Obwohl er ständig in meinen Gedanken präsent ist, habe ich ihn nicht erwartet – zumindest nicht jetzt.

„Schöne Grüße von Gregor", säuselt er süffisant „die Katze ist ein Geschenk von ihm. Gefällt sie dir?" Ohne meine Antwort abzuwarten, macht er ein paar Schritte, hin zu einem der großen breiten Ledersessel und fläzt sich hinein – seine Beine lang von sich gestreckt und die Hände über dem Bauchansatz verschränkt, den er vor ein paar Jahren noch nicht hatte.

Er will mir seine Macht demonstrieren, ganz klar. Ich stehe immer noch halb erstarrt im Türrahmen und traue mich nicht ins Zimmer zu treten.

Einladend klopft er mit der Hand auf die Sessellehne. „Komm her, mein Engelchen. Lass uns ein bisschen reden. Wie in alten Zeiten. Du erinnerst dich doch noch daran, oder?"

Wie, um seine Worte zu unterstreichen, zieht er auf einmal mein altes Tagebuch aus seiner Jacke. Meine Gefühle fahren Achterbahn! Ich hab´s doch gewusst. Wer sonst, als dieser verrückte Junkie sollte sich sonst an meinem Tagebuch vergriffen haben? Was hat er vor? Ich will versuchen, das herauszufinden. Doch im selben

Moment erfahre ich, dass ich mir diese Mühe nicht zu machen brauche.

Denn Detlef redet schon weiter: „Wir wissen, dass du eine Menge Kohle von deiner Tante Gabriele geerbt hast. Und um der alten Zeiten willen ...", er unterbricht, breitet theatralisch seine Arme aus und wirft mir ein Lächeln zu, dass den Anschein des Verschwörerischen vermitteln soll. „... Kurz gesagt, wir hätten gerne auch ein bisschen davon. Gute Freunde teilen sich doch Freud und Leid oder?" Er grinst wieder sein diabolisches Grinsen, das ich noch gut in Erinnerung behalten habe und schaut mich erwartungsvoll an.

16

„Sami! Denk nach!" Meine Gedanken rasen. Ich muss den Kerl endlich loswerden. Mein ganzes Leben wird er mich verfolgen. Immer wieder. Egal wohin ich flüchte auf dieser Welt.

Und ich will nie wieder davonlaufen!

Nur fünf Schritte bin ich vom Küchentisch entfernt. Fünf Schritte und eine kleine Handbewegung, um eines der scharfen, großen Messer im Messerblock zu greifen. Trotz des Vorfalls im Hotel ist dieser Trottel noch immer so unglaublich selbstsicher, dass er nicht im Entferntesten daran zu denken scheint, dass ich etwas anderes als Angst verspüren könnte. Präpotent grinst er zu mir und deutet mir mit Gesten noch immer, dass ich an seine Seite kommen soll.

Aber ich habe keine Angst, vielmehr befinde ich mich in einem Adrenalinrausch. Der Geruch von Blut steigt noch immer in meine Nase und ich kann das Kratzen des Shirts spüren, an dem der Lebenssaft der Katze trocknet und sich verhärtet. Unstillbare Gier packt mich …

Mit einer raschen Bewegung drehe ich mich um, laufe die fünf Schritte in die Küche, greife nach dem großen Fleischmesser und will damit zurück zu Detlef.

Ich habe mich jedoch über- und Detlef unterschätzt.

Er scheint meine Absicht geahnt zu haben und ist zeitgleich mit meiner Fluchtbewegung aufgesprungen und mir rasch gefolgt.

Zu rasch, denn als ich mich mit dem Messer in der Hand umdrehe, steht er so plötzlich vor mir, dass ich ihm die Klinge des Messers – vollkommen unbeabsichtigt – bis zum Schaft in die Brust stoße. Viel Kraft hat es dazu nicht gebraucht, das hat die Energie meiner Drehbewegung für mich erledigt.

Detlef sackt in sich zusammen. Nicht ein Laut entweicht seinen Lippen.

Das Schicksal, oder der Zufall – wie man es nennen mag – hat eine Entscheidung für mich getroffen. Tief durchatmend lehne ich mich an die Wand und versuche, meinen Herzschlag wieder zu kontrollieren und zur Ruhe zu kommen.

Mit jedem Atemzug bessert sich mein Zustand, ordnen sich meine Gedanken. Geräusche im und um das Haus, die mir vertraut sind, nehme ich wieder wahr. Vögel zwitschern vor den Fenstern, Emilys glucksende, aber fröhliche Geräusche dringen aus dem Schlafzimmer zu mir.

Gut so, sie weint nicht, da habe ich Zeit, um hier etwas Ordnung zu schaffen.

Priorität hat, dass ich Detlefs Leiche außer Haus bringe, bevor Josh nach Hause kommt. Egal was oder wie ich ihm das erklären würde, das könnte er einfach nicht verstehen.

So ganz verstehe ich meine Lust nach Blut ja selbst nicht.

Ich bin froh, dass Josh für heimelige Dekoration gesorgt und günstige Flickenteppiche auf den Böden verteilt hat. Detlef ist auf genau so einem gelandet.

Die Küche hat einen direkten Zugang zu einem kleinen Kräutergarten hinter dem Haus. Zwar wachsen dort keine Kräuter, sondern nur Unkraut, ein Grund, aus dem wir diesen Ausgang nie benutzen. Also der schnellste Weg, den Typen aus der Küche zu schaffen.

Ich öffne zuerst die Tür und ziehe dann mit aller Kraft an dem Teppich, um die Leiche in den Garten zu verfrachten. Kurzzeitig überkommt mich Panik, dass ich den schweren Körper – Detlef ist ja kein Leichtgewicht – nur mit Mühe oder gar nicht vom Fleck bewegen kann. Glücklicherweise rutscht das Flickengewebe gut auf dem Fliesenboden dahin.

Im Außenbereich gibt es einen betonierten Weg entlang des Hauses. Ich schleife den Leblosen auf dem Teppich neben die Hauswand. Dann hole ich aus der Küche den zweiten Teppich und werfe ihn über die Leiche. Zum Eingraben fehlt mir im Moment einfach die Zeit. Für den Augenblick muss das reichen.

Josh war noch nie in diesem Gartenbereich, warum sollte er das gerade heute tun?

Zufrieden mit meinem Werk, sofern man das so bezeichnen will, geh ich zurück ins Haus und verschließe die Tür. Den Schlüssel ziehe ich ab und verstecke ihn hinter der Zuckerdose. Sicherheitshalber.

Da fällt mir die Katze wieder ein. Dieses Vieh liegt ja noch immer oben im Schlafzimmer. Jetzt aber schnell. Aber zuerst muss ich in der Küche für Chaos sorgen, damit die fehlenden Teppiche nicht auffallen. Rasch suche ich alle Teppiche im Erdgeschoß zusammen und werfe sie auf einen Haufen in der Küche. Dann schütte ich einen Eimer Wasser darüber und verteile Geschirrspülmittel darauf. Mit der Hand schäume ich es kurz auf. Es sieht jetzt wie der misslungene Versuch einer Teppichreinigung aus.

Ich schnappe mir Gummihandschuhe, einen Müllsack, drei Geschirrtücher und einen Kübel mit Spülwasser. So ausgerüstet starte ich ins Schlafzimmer.

Emily kräht noch immer fröhlich vor sich hin. Ein ausgesprochen friedliches Kind. Zum Glück.

Die Katzenteile stopfe ich in den Sack; dazu die Geschirrtücher, mit denen ich so gründlich als möglich Flecken und Blutspritzer aufwische. Die Enden des Sackes binde ich zu einem festen Knoten zusammen.

„Schätzchen, ich komme dich gleich holen", rufe ich Emily zu und trage den Müllsack samt seinem makabren Inhalt zur Mülltonne neben dem Haupteingang des Hauses.

Noch ist Josh' Wagen nicht in Sicht. Daher nutze ich die Zeit und sause zu meiner Tochter. Ehe ich sie aus ihrem Bettchen hebe, wechsle ich die Kleidung. Schließlich muss meine Kleine nicht unbedingt Bekanntschaft mit dem Geruch des Blutes machen.

Mit Emily im Arm geht es über die Stufen hinunter wieder in die Küche.

Gerade als das Motorengeräusch des Wagens zu mir dringt und Josh ankündigt, nehme ich ein Glas Ketchup und zertrümmere es am Küchenboden. Nur für den Fall, dass ich einen Blutfleck übersehen habe ...

„Hi, Josh, schön dass du da bist!", rufe ich aus und umarme ihn.

17

„Meine Güte ... was ist hier denn passiert ...!" Josh
steigt über die Teppiche hinweg, rutscht in der Seifen-
lauge aus, versucht sich zu halten, fällt dann mit einem
dumpfen Knall rücklings auf den Fliesenboden in der
Küche. Mit dem Kopf landet er in der Ketchup-Lache.

Der Anblick ist furchtbar. Durch den Aufprall spritzt
das rote Mus auf die weiße Küchenwand. Es wirkt, als
ob Joshs Hinterkopf zerplatzt wäre und sich sein Blut im
ganzen Raum verteilt.

„Josh! Joooosh ...!", schreie ich wie von Sinnen seinen
Namen. Aber er bewegt sich nicht, liegt auf seinem Rücken und seine Augen sind geschlossen. Völlig panisch
stoße ich Joshua mit dem Fuß an. Noch immer kein Le-
benszeichen, auch dann nicht, als ich Josh noch fester
anstupse. Himmel! Was mache ich, wenn er tot ist –
durch meine Schuld! Nur weil ich meine Tat vertuschen
wollte!

Ich presse Emily unwillkürlich fest an mich. Zu fest
... Sie schreit sich vor Schreck die Seele aus dem Leib
und ich bin nun wie gelähmt.

Ich kann keinen Arzt holen, dafür ist das Chaos zu
groß und die Leiche im Kräutergarten ... nun, sie könnte
‚verstörend' wirken.

Ich besinne mich und beginne zu handeln. Zuerst

trage ich Emily ins Wohnzimmer nebenan und lege sie dort auf den Boden. Ringsum platziere ich einige Kissen von der Couch. So kann ihr nichts passieren. Auch wenn sie weiter schreit, ich muss das jetzt ignorieren.

Ich haste zurück zu Josh.

Über ihn gebeugt versuche ich, seinen Puls an der Halsschlagader zu fühlen. Aber da ist nichts! Wie von Sinnen hämmere ich mit meinen Fäusten auf seine Brust. Er muss aufwachen! Ich brauche ihn doch so in meinem Leben.

Ist es eine Strafe der Engel? Habe ich zu viel gemordet? Aber habe wirklich ich alle Morde begangen? In lähmender Angst und Hilflosigkeit lege ich meinen Kopf auf Joshuas Brustkorb. Emilys Weinen dringt wieder zu mir.

Und dann, ganz leise und schwach, höre ich ein „poch – poch". Josh lebt!

Noch liegt er reglos da, aber ich kann seinen Atem spüren. Glücklich kuschle ich mich fester an Josh, schlinge meine Arme um seinen Körper. Auf einmal fühle ich, dass sich Joshs Arm um mich legt. Ich hebe den Kopf und blicke in ein strahlendes Augenpaar, das mich aufmerksam mustert. Josh' Gesicht ist jedoch schmerzverzerrt ...

„hmmmm, wrrrrr ...", murmelt er unverständlich.

Meine Antwort ist ein Lächeln und: „Entschuldige, mein Schatz. Ich wollte mich nützlich machen und alle Teppiche waschen; ist wohl etwas schiefgegangen."

Mühsam rappelt er sich auf und schleppt sich mit meiner Hilfe ins Wohnzimmer. Als Emily uns sieht, hört sie sofort zu schreien auf und wechselt in ihr Babygebrabbel. Josh begleite ich zum Diwan, auf dem er sich mit einem Seufzen niederlässt. „Emmii", nuschelt er und streckt die Arme nach der Kleinen aus. Gerne tu ich ihm den Gefallen.

„Ruht euch aus, ihr beiden!", flüstere ich. „Ich versuche, das Chaos in der Küche zu beseitigen."

Schmunzelnd registriere ich das unverständliche Gebrabbel, das mir folgt …

Während der Putz- und aufräumarbeiten, denke ich fieberhaft darüber nach, wie ich aus dem Schlamassel herauskomme.

Ich muss eine Lösung suchen und Antworten auf Fragen finden, die Josh mir stellen könnte

Detlefs Leiche kann nicht bleiben, wo sie ist. Die Gefahr, dass jemand sie entdeckt, ist zu groß.

Zur Sicherheit werfe ich einen Blick ins Wohnzimmer. Doch meine Lieben schlafen friedlich aneinandergekuschelt. Falls Joshua aufwacht und Fragen stellt, kann ich immer noch sagen, dass ich den Kräutergarten anlegen will.

18

Bewaffnet mit einem Spaten mache ich mich an die Arbeit. Der Boden ist locker und so kann ich das Loch für meinen dahingeschiedenen Besucher ohne besondere Kraftanstrengung graben. Damit ich keine Überraschung erlebe, falls Joshua aufwacht, habe ich die Küchentür von außen verschlossen.

Der Boden ist etwas sandig und es gibt kaum Steine, die meine Arbeit blockieren. Es geht zügig voran, dennoch läuft mir der Schweiß aufgrund der ungewohnten Tätigkeit über den Rücken. Besonders tief ist das Loch ja nicht, aber es wird reichen.

Ehe ich den Leichnam in sein Grab versenke, schleiche ich mich zurück ins Haus, um einen Blick auf Josh und Emily zu werfen. Beide schlafen tief und fest ... Das Glück ist auf meiner Seite

Zurück im Kräutergarten betrachte ich meinen Teppich-Leichenberg. Irgendwie erscheint es mir, dass der Teppich jetzt andersherum auf Detlef liegt. Na, der Tag war anstrengend und sicher irre ich mich. Den oben liegenden Teppich nehme ich und lege ihn in das Loch, als Unterlage.

„Sollst ja fein liegen", lautet meine makabre Botschaft an den Toten.

Vor der Leiche graut mir nicht, warum auch? Nur

weil er tot ist? Es ist nichts weiter als ein menschlicher Kadaver. Also packe ich ihn an den Beinen und schleife ihn zu seinem Grab. Detlef ist schon etwas steif und das macht es nicht gerade einfacher. Nur mit großer Anstrengung und einigem Innehalten gelingt es mir, die Leiche in die Grube zu hieven. Gerade als ich den zweiten Teppich holen will, um ihn über meinen einstigen Widersacher zu breiten, fällt mir das Tagebuch ein.

Ich muss es haben, darf es nicht mit eingraben. Hektisch greife ich in alle Taschen seiner Kleidung. Aber es ist nicht da. Es ist überhaupt nichts da. Alle Taschen sind leer.

„Scheiße!"

Es war also doch jemand hier! Meine Ahnung, dass der Teppich anders liegt, war also richtig. Ich muss herausfinden, wer Detlefs Komplize ist. Ich muss ihn finden, muss mein Tagebuch bekommen!

Muss ich wieder morden? Nun, eigentlich war weder die Sache mit der Katze, noch die mit Detlef ein geplantes Verbrechen. Das haarige Vieh musste sein Leben lassen, weil es mein Kind bedroht hat und Detlef … nun er ist mir ins Messer gerannt. Ein bitteres Gefühl steigt in mir hoch, wenn ich daran denke, dass es mich nicht abgestoßen hat, soviel Blut zu sehen. Darum brauche ich mein Tagebuch. Ich muss endlich wissen, ob ich wirklich eine Mörderin bin oder … Oder? Welche Optionen bleiben? Wer wird den Tagebucheinträgen einer Frau Glauben schenken, die ‚über Leichen geht', um an eben dieses

Buch zu gelangen?

Bevor ich Erde über Detlefs Leiche schaufle, male ich auf den Teppich Flügel. Warum mache ich das? Weil in meinen Träumen immer wieder solche auftauchen? Oder ist es ein Ritual, das die böse Tat von meiner Seele nimmt?

Meine beiden Liebsten schlummern noch immer im Wohnzimmer. So kann ich beruhigt weiter im Garten arbeiten. Ich grabe großflächig um und gestalte mehrere Bereiche, damit sie wie neue Kräuterbeete aussehen. Genau genommen erinnern diese kleinen Hügel an einen Friedhof mit frisch angelegten Gräbern.

Ich schüttle diesen Gedanken von mir ab und sehe mich um, ob es Pflanzen für meine Beete gibt. Es finden sich noch ein paar alte verwilderte Kräuterstauden: Rosmarin, Petersilie, Salbei und Pfefferminze. Diese grabe ich aus, schneide sie zurecht und pflanze sie auf den neuen Beeten und natürlich über Detlef ein.

Wenigstens bekommen die Wurzeln so genügend Nährstoffe. Ein Grinsen kann ich mir da einfach nicht verkneifen.

Abschließend umrande ich die bepflanzten Rabatte noch mit größeren Steinen, die ich in diesem Bereich des Gartens gefunden habe.

Mir ist gar nicht aufgefallen, dass es schon so spät ist. Es beginnt zu dämmern.

Ich lehne erschöpft an dem Türrahmen zur Küche

und betrachte zufrieden mein Werk.

Aber am wichtigsten ist, dass Detlef weder meiner Tochter, noch Josh oder mir je wieder Leid zufügen kann. Trotzdem hat er mir mit seinem abrupten Ableben auch eine Menge Arbeit für die Zukunft gemacht. Zumindest unmittelbar ... Es gibt da draußen noch jemanden, der mir und meiner kleinen Familie das Leben schwer machen will. Und dieser Jemand hat mein Tagebuch, das ich nun erneut suchen muss. Mein wichtigstes Buch. Mein Leben.

Es kann schon sein, dass ich eine Mörderin bin. Doch das Wissen darüber ist im Tagebuch niedergeschrieben. Fakt ist, dass es mich nicht sonderlich berührt hat, jemandem das Leben zu nehmen, der uns bedroht, mir versucht, etwas zu verbieten oder mich erpresst.

In meinen Gedanken schlagen weiße Flügel zusammen, gerade so als würden sie applaudieren.

„Schön hast du das gemacht!" Joshua taucht plötzlich hinter mir auf und legt mir einen Arm um die Taille. Er hat auch Emily mitgebracht, die ihre Ärmchen um seinen Hals geschmiegt hat.

„Danke, mein Herz", klingt Josh ehrlich begeistert. „Der erste Schritt für unseren Garten der Engel ist getan. Bald werden wir einen wunderbaren Bereich rund um das ganze Haus haben."

Ich lächle ihm zu und bin froh darüber, dass er den

weiteren Sinn seiner Worte nicht kennt.

„Garten der Engel hört sich gut an", gebe ich zurück und schließe die Tür zum Kräutergarten.

19

Im ersten Augenblick erscheint mir unsere gemeinsame Zukunft in einem rosaroten Licht. Alles wird sich regeln solange wir zusammen sind. Mein Buch, ich werde es finden, dessen bin ich mir sicher. So vieles habe ich bereits überstanden, gemeistert, da wird auch das mir noch gelingen.

Immer noch fühle ich mich wie in einem Rausch. Erleichtert, einen meiner Peiniger losgeworden zu sein. Glücklich, den wie ich zuerst glaube, richtigen Weg, um endlich leben zu können, gefunden zu haben.

Es könnte so einfach zu sein. Joshua, Emily und ich eine kleine Familie mit einem netten Kräuterbeet um ihr Haus. Leben wie alle anderen und das was ich getan habe, vergessen. Glaube ich das wahrhaftig?

Während die Stunden voranschreiten und ich mit Joshua das Essen zubereite, verlässt mich meine anfängliche Euphorie. Wie ein Schatten aus der Vergangenheit kehren meine Zweifel zurück. Immer schwerer fällt es mir, die Rolle einer Mutter und einer liebevollen Partnerin zu spielen. Egal wie sehr ich dagegen ankämpfe, meine Gedanken wandern immer wieder zu dem, was hier passiert ist.

Bilder, Detlef – sein zynisches Grinsen, wie ich sein Leben auslösche, das viele Blut ... All das läuft wie ein

Film vor meinen Augen ab. Die Gefühle, die ich verspürte, der Hass, die Wut ... ich empfinde sie immer wieder von neuem.

Während ich Joshua anlächle, auf seine Frage, ob es mir gut geht, entgegne: „Ja so gut wie niemals zuvor!", komme ich mir vor wie eine Lügnerin. Eine Diebin, die sich die Sicherheit eines ruhigen Lebens ergaunern will.

„Samantha?", Joshua spricht mich an. Ich habe seine ersten Worte nicht verstanden. Weiß, dass er etwas gesagt hat, doch für mich sind es nur sinnlose gemurmelte Laute, die nicht zu mir durchdringen. Zu sehr versinke ich in meine eigene Gedankenwelt.

Ich schüttle den Kopf. Ein kläglicher Versuch das, was meinen Verstand ausfüllt, loszuwerden. Es gelingt mir für einen kurzen Augenblick und ich höre wie Joshua sagt: „Sami, ich liebe dich." Zärtlich ruht sein Blick auf mir. Ich spüre einen Kloß in meinem Hals. So wunderbare Worte. Mein Leben lang habe ich mir gewünscht, sie zu hören.

Erwartungsvoll schaut er mich an. In seinem Gesicht steht die Hoffnung, dass ich seine Liebeserklärung erwidere, geschrieben.

Wie gerne täte ich es. Und doch – ich kann es nicht. Wie kann er jemanden wie mich lieben? Eine Frau, die gerade vor einigen Stunden einen Menschen mit Freude und im Blutrausch tötete? Die Frage, wenn er es wüsste, könnte er mich dann noch immer lieben, hämmert in meinem Kopf. Verzweifelt schlucke ich den Kloß in meinem Hals herunter und kämpfe gegen das aufkommende Weinen an. Es misslingt mir und ich wende mich ab, damit er meine Tränen nicht bemerkt.

Während ich mich umdrehe, spüre ich Joshuas Blick in meinem Nacken. Langsam gehe ich zum Kühlschrank und öffne die Tür. Schaue hinein und tue so als ob ich etwas suche. Ich greife wie automatisiert zu und entnehme ein Glas ohne drauf zu achten, welchen Inhalt es hat. Mechanisch laufe ich zurück und stelle es auf den Tisch.

Ich setze mich auf einen Stuhl, der weiter von Joshua entfernt steht. Ich weiß, wenn ich in Josh' Nähe bliebe, würde er meine Hand ergreifen und sie festhalten. Vielleicht mich an sich ziehen, um mich zu küssen. Im Moment ist allein der Gedanke daran für mich unerträglich.

Josh ist ein guter Mensch, der einzige nach Samuel, der jemals ehrlich zu mir war. Der mir zeigt, dass auch ich das Recht habe, geliebt zu werden. Aber ich kann jetzt seine Nähe nicht ertragen. Es ist zu schmerzvoll für mich zu spüren, dass auch ich ihn liebe. Mit letzter Kraft reiße ich mich zusammen, schenke ihm ein Lächeln.

Joshua lacht leise auf. „Sami, was ist los mit dir? Wo sind deine Gedanken? Vielleicht ist es ja nach deinem Geschmack und eventuell liegt es ja auch daran, dass du die Flasche Ketchup zerbrochen hast. Aber ganz ehrlich, Senf zu Spaghetti ist nicht wirklich ein kulinarischer Hochgenuss."

Ertappt sehe ich mir zum ersten Mal das Glas genauer

an, welches er in der Hand hält. Wut steigt in mir hoch, auf mich selbst, meine Situation und ja auch auf ihn. Ich weiß, er meint es nicht böse, doch alles in mir will ihn anschreien, sich mit ihm streiten und vielleicht ihn auch körperlich verletzen. Bevor ich etwas Falsches sage, schweige ich beharrlich. Ignoriere seine Frage, die im Raum steht.

Joshua zuckt die Schultern und wendet sich seinem Essen zu. Die Stille am Tisch ist erdrückend, nur ab und zu ist ein leises Glucksen von Emily zu hören. Ich bin froh als ich endlich aufstehen kann, um den Tisch abzuräumen.

Immer noch ist kein Wort gefallen, weder von ihm noch von mir. Ich lasse das Wasser in das Spülbecken laufen, gebe das Abwaschmittel dazu und ergreife den ersten Teller, um ihn abzuwaschen. Krampfhaft halte ich ihn in meinen Händen und schrubbe wie wild mit der Bürste den nicht mehr vorhandenen Schmutz herunter. Im Hintergrund höre ich das Zurückschieben von Joshuas Stuhl und seine Schritte, die sich mir nähern. Mein Körper versteift sich. Ich weiß, gleich wird er seine Arme um mich legen und mir ins Ohr flüstern, das alles gut wird. Und genau das tut er. Ich spüre seine Arme um mich und lehne mich an ihn. Für einen Moment genieße ich die Nähe, lasse mich fallen. Nehme die Wärme seines Körpers in mir auf.

Doch während ich meine Augen schließe, sehe ich den Kräutergarten vor mir. Sehe, wie Joshua in der Erde buddelt. Sein erschrockenes Gesicht, als er die Leiche ausgräbt, die bleichen Hände von Detlef ergreift und ihn herauszieht. Dann mich selber, wie ich hinter meinen Freund trete, mit einem Messer in der Hand, und zusteche, damit mein Geheimnis für immer eines bleibt.

Ich zucke zusammen und winde mich aus Josh' Armen. Sein verständnisloser Blick schneidet mir ins Herz. Ich brauche keine Waffe, um ihn zu verletzen, die Enttäuschung in seinem Gesicht zeigt mir, dass ich es auch ohne bereits jetzt tue.

Joshua wendet sich von mir ab. „Sami, ich verstehe dich nicht. Was habe ich falsch gemacht?"

Ich glaube nicht, dass er mein geflüstertes: „Nicht du – aber ich", hört. Minuten lang steht er hinter mir und ich weiß, er schaut mich an. Die Stimme in meinem Kopf raunt mir zu: „Sag es ihm, sag ihm die Wahrheit."

Vielleicht sollte ich es wirklich tun, er kennt meine Geschichte. Doch ich zögere zu lange und höre wie seine Schritte sich von mir entfernen, während ich in das Spülwasser starre.

Ohne ein weiteres Wort verlässt Joshua den Raum, geht die Treppe hoch und lässt mich zurück.

Emily beginnt leise zu weinen. Der Hunger plagt meine Kleine und ich mache ein Fläschchen für sie warm. Vorsichtig hebe ich sie aus ihrem Hochstuhl und halte sie in meinen Armen. Während sie an ihrer Milch nuckelt, sieht sie mir die ganze Zeit in die Augen. Auf mich wirkt ihr Blick wissend, als ob sie in meine Seele blickt und die Dunkelheit darin entdeckt. Dieses kleine Wesen durchschaut, wer ich wirklich bin. Sieht es die Mutter, die es liebt, oder die Frau, die ohne mit der Wimper zu zucken, jemanden umbringt?

Vielleicht hatte meine Tante recht und all das Schlechte lebt in mir. Vielleicht war nicht sie das Böse, sondern nur der Auslöser, der mich zur Verbrecherin machte. In mir den Knopf drückte und damit meine Mordlust entfachten. Vielleicht ...

Emily ist satt und zappelt mit den Beinchen. Ich hebe sie höher, an meine Schulter, fühle ihr Herz, das schnell schlägt und rieche ihren zarten Babyduft. Spüre die kleinen Finger, wie sie mein Haar umfassen.

Mein kleiner zerbrechlicher Mensch. Entstanden durch einen bösen Plan. Ein Teil von mir und trotz der Geschichte ihrer Zeugung unschuldig und rein. Würde ich auch sie eines Tages verletzen?

Ich höre wie ein Bäuerchen ihrem Mund entweicht, und sie gähnt. Zeit, sie nach oben in ihr Bett zu bringen. Leise ein Kinderlied summend, laufe ich die Treppe hinauf und halte meine Tochter fest an mich gedrückt.

Ich komme an unserem Schlafzimmer vorbei. Die Tür steht weit offen und ich sehe, dass Joshua bereits schläft. Oder so tut als ob? Einen Moment zögere ich, bleibe stehen und betrachte ihn. Wenn ich jetzt zu ihm gehe, ihm die Wahrheit sage, würde er mein Verhalten verstehen? Traurig verneine ich meine Frage. Leise schleiche ich weiter zu Emilys Zimmer, lege sie in ihr

Bettchen und decke sie zu. Verzückt lausche ich, wie ihr Atem langsamer und immer tiefer wird. Ihre kleinen Äuglein schließen sich und sie gleitet ins Land der Träume.

Ich könnte jetzt gehen, aber ich kann mich nicht von ihr trennen. Zart streichle ich mit den Fingern über ihre Wange. Sie hat etwas Besseres als mich verdient.

Mit Tränen in den Augen wende ich mich von dem Kinderbett ab und verlasse das Zimmer. Wie eine alte Frau schlurfe ich zurück zur Treppe. Quäle mich die Stufen hinunter, mit dem Gefühl eine Last auf meinen Schultern zu tragen.

Ich muss raus aus diesem Haus. Ich brauche Luft, die Traurigkeit schnürt mir die Kehle zu. Meine Umgebung erdrückt mich. Ich öffne die Haustür weit und atme die Nachtluft tief ein. Mein Blick geht zum Himmel, Vollmond. Eine Nacht der Entscheidungen, und auch ich werde eine treffen müssen. Der Mond taucht das Haus und den Garten in einen hellen Lichtschein. Ohne die Außenbeleuchtung anzuknipsen, finde ich den Weg zur Gartenbank. Während ich auf ihr Platz nehme, erinnere ich mich daran, wie ich dieses Haus entdeckte und ebenfalls hier saß. Wie glücklich ich war, als ich den Mietvertrag unterzeichnete. Kurz danach die Geburt. Alles war ... Nein, Moment, nicht alles war gut. Siedendheiß fällt mir ein, dass von Beginn an vereinbart war, dass ich dieses Haus nur ein halbes Jahr nutzen kann. Danach würden wir gehen müssen. Aber Detlef ... er bliebe hier in dem Kräuterbeet. Die Chance, dass jemand seine Leiche entdeckt, ist groß, jene der Nichtentdeckung gleich Null.

Die Schlinge um meinen Hals zieht sich zu und ich kann nichts dagegen tun. Kann ich nicht? Doch, es gibt eine Lösung. Ich muss fortgehen. Alleine. Ohne Joshua und auch ohne Emily. Ich kann meiner kleinen Tochter nicht zumuten, mich zu begleiten. Schon viel zu viel ist in ihrem kurzen Leben geschehen, das nicht gut für sie gewesen sein kann. Ganz bestimmt hat es bereits Narben auf ihrer Seele hinterlassen. Nein, meine Tochter sollte nicht mein Leben leben müssen, welches seit dem Tag meiner Geburt mit einem Fluch belegt ist. Den Weg, den ich zu gehen habe, muss ich alleine beschreiten.

Während ich in die Nacht hinaussehe, verfestigt sich ein Plan in mir: Ein Brief. Ja, ich schreibe Joshua einen Brief, in dem ich ihm einen Teil der Wahrheit gestehe. Ich werde ihn bitten, uns ein neues Zuhaue zu suchen. Eines, in dem wir wirklich sicher sind. Ihm Emily anvertrauen und hoffen, dass er gemeinsam mit ihr auf mich wartet, während ich in Österreich endlich für ein Ende meines Martyriums sorge.

Die Samantha, Sami oder damals auch Chilly genannt, das Straßenkind von einst, verabschiedet sich davon, ein Opfer zu sein und zu fliehen. Die Frau, die Mutter, die an ihre Stelle gerückt ist, wird nicht mehr wegrennen. Die Zeit ist gekommen, sich den Dämonen der Vergangenheit zu stellen.

Schwerfällig erhebe ich mich von der Gartenbank. Präge mir ein letztes Mal die Umgebung ein und denke traurig daran, dass es hier ein schönes Leben für meine kleine Familie hätte sein können. Selbstbewusst straffe ich die Schultern und laufe zurück zum Haus. Ich muss den Brief schreiben und das Nötigste einpacken.

Der Augenblick, Abschied zu nehmen, ist gekommen.

20

Meine Sachen sind schnell gepackt und in einer kleinen Sporttasche verstaut. Nur das Nötigste kommt mit. Ich überlege nicht lange. Ich bin inzwischen Profi im Flüchten. Kein Wunder, bei meinem etwas unruhigen Vorleben.

In Gedanken bin ich bereits auf dem Weg nach Österreich, aber ich sehe auch Josh bei meiner Rückkehr auf mich warten. Er und meine Emily auf seinem Arm lächeln mir entgegen.

Emily? Was ist mit meinem Schatz? Ich gehe zu ihr. Sie schläft immer noch friedlich. Ihre kleinen Hände sind zu Fäusten geballt. Ich bin beruhigt und gebe ihr einen letzten Kuss. Möge mein Engel für immer beschützt sein.

Auf einmal schießen mir wieder Tränen in die Augen. Ich muss stark bleiben! Darf mich keinesfalls von meinem Vorhaben abbringen lassen – auch nicht von mir selbst Mein Leben muss in ordentliche Bahnen geraten, sonst werde ich nie glücklich werden und damit auch Joshua und mein Baby nicht. Nur für den Brief nehme ich mir noch Zeit, zumindest ein wenig.

Wie soll ich Josh mein Leben erklären, das ich selber nicht verstehe? Meine Hände zittern, während ich schreibe.

„Mein lieber Josh,

wenn ich nicht mehr da bin, wundere dich nicht. Ich bitte dich nicht, mich zu verstehen, sondern nur darum, auf mich zu warten.

Ich kann dir nicht die ganze Wahrheit zumuten, noch nicht. Das wäre zu viel für dich. Aber ich habe noch – sagen wir es so – Angelegenheiten in Österreich zu erledigen, um danach frei mein neues Leben mit dir und Emily führen zu können. Und ich muss es alleine zu Ende bringen. Ich will Emily und dich in Sicherheit wissen. Du musst mir glauben, dass ich nur euer Bestes im Sinn habe und euch beschützen will.

Ich habe schlimme Dinge getan und furchtbare Dinge gesehen. Vielleicht kann ich dir irgendwann mehr erzählen. Vielleicht wirst du mich irgendwann verstehen. Vielleicht werde ich irgendwann selber alles verstehen. Im Moment kann ich es nicht. Bitte verzeihe mir.

Meine Vergangenheit – in der Drogen und Gewalt eine tragende Rolle gespielt haben – soll ruhen und mich loslassen. Bitte gib mir die Zeit, die ich brauche, um damit abzuschließen. Genau das will ich jetzt für mich tun: es beenden.

Es gibt nichts in meinem Leben, worauf ich stolz sein kann. Außer meine Emily. Sie ist das Beste, was ich zustande gebracht habe. Ich vertraue sie dir an, damit du gut auf sie aufpasst. Ich weiß, dass ich das mit ruhigem Gewissen machen kann. Du bist ein wunderbarer

Mensch und Vater, wenn auch nicht der biologische, so doch der, der es mit dem Herzen ist. Emily soll ein besseres Leben haben als ich es hatte. Du wirst ihr ein guter Vater bleiben, da bin ich mir sicher.

Ich wünsche mir nichts sehnlicher, als eine kleine richtige Familie. Und das kann ich mir nur mit dir vorstellen. Du kannst mich endlich zu einem besseren Menschen machen. Bald bin ich wieder zurück. Dann wird alles gut, denn dann bin ich frei. Wir werden ein herrliches Familienleben führen können.

Bitte suche uns ein schönes Haus, am besten an einen sicheren Ort. Richte es dir mit Emily ein und werdet dort glücklich. Ich komme schnell nach. Versprochen. Geld ist keine Frage, ich habe genug davon und es reicht für uns alle. Im Schlafzimmer ist unter dem Nachttisch eine kleine Kassette mit Klebeband befestig. Dort findest du Passwörter für ein Konto. Auf dieses habe ich genügend Geld überwiesen, damit du alles finanzieren kannst. Verfüge einfach darüber.

Wir werden gemeinsam spielen, gemeinsam kochen, Freunde einladen und im Garten sitzen. Emily wird ein eigenes Zimmer haben. Ich freue mich schon sehr auf diesen Moment. Wir müssen nur noch ein wenig warten.

Ich weiß, ich verlange viel von dir. Du vertraust mir hoffentlich so wie ich dir vertraue. Es ist alles gut, solange ich weiß, dass du da bist.

Ich muss jetzt gehen. Ich küsse dich.

Deine Sami"

Ich lege den Stift vorsichtig zur Seite und falte das Blatt Papier zusammen. Dabei zittern meine Hände immer noch. Ich spüre die Tränen meine Wangen herunterrollen. Eine fällt auf den Brief und verwischt einige Zeilen.

Scheiße, das soll Josh doch nicht sehen. Was wird er von mir denken? Ich habe Angst, dass er nicht wartet und mich verlässt. Er muss mich einfach verstehen.

Ich bete, dass Emily mir meine Flucht verzeiht. Nein, ich bin keine schlechte Mutter. Ich lasse sie nicht im Stich, ich beschütze sie.

Was mache ich mir eigentlich vor? Ich bin nicht nur eine schlechte Mutter, ich bin ein schlechter Mensch. Ich werde nie ein guter Mensch sein.

Auf einmal zieht sich alles in mir zusammen. Mein Herz rast bis zum Hals. Die Tränen fließen unkontrolliert über mein Gesicht. Ich kriege kaum noch Luft. Fühlt sich so der Schmerz an, wenn man einen geliebten Menschen verlassen muss? Ich habe zuvor noch nie jemanden geliebt. Mir ist so etwas wie Abschiedsschmerz unbekannt.

Vielleicht ist es auch eine Panikattacke. Ich schnappe nach Luft. Ich darf jetzt keine Gefühle zeigen. Ich muss wohlüberlegt und strukturiert vorgehen. Ich muss jetzt fliehen. Viel zu lange habe ich schon gewartet. Dabei habe ich keine Zeit für Emotionen.

Der Brief liegt auf dem Tisch, zur Beschwerung ein Glas darauf, aus dem ich vorhin noch getrunken habe. Der endgültige Abschied …

Ich unterdrücke ein Schluchzen, nehme meine Tasche und schleiche mich aus dem Haus. Dann schließe ich die Tür möglichst leise, damit Emily nicht aufwacht. Ob sie noch sanft schläft? Doch es muss mir gleichgültig sein, auch wenn es mein Innerstes zerreißt.

Ich renne los. Mein Herz zieht sich immer zusammen. Ich renne einfach weiter und die Straße entlang. Der Schweiß läuft mir über die Stirn. Ich atme immer noch schwer. Mein Atmen ist mehr ein Schluchzen. Warum tut mir alles weh? Ich tue doch das Richtige, oder nicht?

Völlig entkräftet muss ich kurz anhalten, durchatmen, Kraft sammeln. Ein Wagen bleibt neben mir stehen und der Fahrer fragt mich, ober mich mitnehmen soll.

„Ich muss zum Flughafen, fahren Sie in diese Richtung?"

Er nickt und ich steige ein.

Ein neuer Weg in meinem Leben beginnt. Ein Weg, auf den Spuren meiner Vergangenheit.

21

Während der Fahrt versuche ich die Freundlichkeit des Fremden zu erwidern und ein Alltagsgespräch mit ihm zu führen, aber es misslingt mir. Mitten im Gespräch ertappe ich mich hin und wieder dabei, wie ich nur anteilslos nicke, da ich eigentlich tief in meiner eigenen Gedankenwelt versunken bin.

Die enge Straße auf der anderen Seite der Autoscheibe scheint mit jedem Augenblick schmaler und schmaler zu werden; die Bäume und das Unterholz, die sie umranden, bekommen nach und nach eine dunkelblaue Nuance. Plötzlich glaube ich auf der Straße eine Blutlache zu sehen, ziehe die Lippen zusammen und versuche meine Unruhe zu unterdrücken.

Das Auto rast über die imaginäre Pfütze hinweg, und der bärtige Mann am Lenker scheint nichts bemerkt zu haben. Er redet ununterbrochen und erzählt mir etwas über seine Tochter.

Ich werfe entsetzt einen Blick in den Rückspiegel, aber ich kann nichts anderes als einen grauen Streifen aus Asphalt sehen. Ich sage nichts.

All meine Sinne sind gefangen in den Tagträumen zu einem Ereignis in der Vergangenheit, das einschneidende Veränderungen ausgelöst hat ...

Tante Gabriele war eine wohlgeformte alte Dame mit einem breiten Hals, an dem immer verschiedenste Perlen, Edel- und Halbedelsteine sowie ein dickes, hölzernes mit Goldfasern umsäumtes Kreuz zur Schau gestellt worden waren. So wie Tante mir einst erzählte, hatte ihre Mutter dieses Kreuz bis zu ihrem Tod am Hals getragen. Danach hat sich dieselbe Kreuzkette in der Mündung von Tantes Brüsten eingenistet und ruhte dort gleichsam bis zu ihrem letzten Tag.

Tante konnte ihren kolossalen Leib nur schwer und langsam bewegen und geriet sehr schnell außer Atem. Ihre langsamen und behäbigen Bewegungen sorgten aber dafür, dass sie immer im Licht einer übermäßigen Arroganz und jedes Mal von neuem behaupteten Überheblichkeit auftrat.

In der Tat wusste sie auf andere nur von oben herab zu sehen und hielt dies für ein ihr gebührendes Recht, welches sie glaubte, dank ihrem Vermögen genießen zu dürfen. Ein Vermögen, über welches sie alleine verfügte; ganz alleine. Ein Vermögen, mit dem sie erwartete, auch dem Tod entkommen zu können. Doch der Tod lässt nicht mit sich verhandeln. Gabriele starb so wie jeder andere Mensch sterben würde.

Ich war mir dessen bewusst, dass es um Geld ging, und wenn es um Geld geht, blendet man alles andere aus. Ich wusste nicht, ob sie zu Hause sein würde, ob alleine, ob in jemandes Gesellschaft. Ich wusste nicht, wie ich meinen *Plan* umsetzen würde. *Hatte ich einen Plan?*

Tante Gabriele öffnete mir die Tür mit einem vorgetäuschten Lächeln. Es war bloß Teil ihres unmäßigen Aufputzes. Flüsternd sprach sie meinen Namen aus, während sie einen riesigen Opalring um ihren linken Zeigefinger drehte. Die intensiv geschwärzten Augenwimpern verliehen ihr etwas Diabolisches. Die unruhig zuckenden Pupillen ließen Gabrieles Verwunderung eindeutig zum Ausdruck kommen. Dass sie mich nur unwillig in die Wohnung eintreten ließ, machte sie durch unflätige Worte klar.

Vielleicht konnte sie spüren, dass etwas nicht stimmte. Ein unerwarteter Besuch von mir. *Was zum Teufel …?* Jedoch konnte sie ganz bestimmt nicht ahnen, dass ich an ihre Tür pochte, um sie zu töten.

Geld. Geld. Ihr Geld. Es hallte in meinem Kopf. Und Tante glaubte, dass ihr Geld sie unüberwindbar machte.

Auch ich glaubte, dass ihr Geld mir alle Kraft und Geborgenheit im Leben sichern würde.

Tante ging mit schwankenden Schritten voraus ins Wohnzimmer. Der goldfarbene Messerständer, der mittig auf der Kommode im Korridor stand, beflügelte meine tödlichen Gedanken. Ich hörte Tante Gabriele sich in den Fauteuil fallen lassen und griff spontan nach einem der Messergriffe. Mit der Waffe in der Hand folgte ich der Tante und stellte mich provozierend vor sie hin.

Sie blickte höhnisch lächelnd zu mir herauf.

Die prunkvollen Ringe, die an ihren wulstigen Fingern steckten, hinderten sie, meine Handgelenke fest zu packen und das Messer von sich abzuwenden. Der Griff aus Ebenholz hatte so gut in meiner Hand gelegen, als hätte man ihn für mich gemacht.

Diese durchaus schicke und eitle Dame war plötzlich so macht- und wehrlos, und in ihrem übertrieben selbstbewussten Blick spiegelte sich zum ersten Mal das Gesicht des Schreckens wider.

Tante ließ keinen einzigen Laut hören. Ihr hektisches Atmen wurde durch einen Hustenanfall unterbrochen, mehr war nicht zu hören. Ihre Augen fixierten nicht wie sonst mein Gesicht, sondern die Klinge ihres Lieblingsmessers, das sie vor Jahren aus Ägypten von einer ihrer zahlreichen Reisen gebracht hatte.

Ihr blieb nicht viel Zeit, sich zu fragen, ob sie dem Tod tatsächlich so nah war. Nur jener Zeitraum, den ich benötigte, um die Gefühle Panik, Angst und gleichzeitig Mut in mir zu bündeln. Und ... jenen Augenblick, in dem die scharfe Klinge in ihren Körper eindrang ...

Weder griff sie theatralisch zu dem Kreuz, das zwischen ihren Brüsten eingequetscht lag, noch bat sie Gott um Hilfe.

Unsere Blicke trafen sich kein einziges Mal, obwohl ich ihr unnachgiebig in die Augen schaute und dort ihren letzten Lebensfunken zu erspähen suchte.

Ihre Pupillen waren breit, jedoch leer, erloschen; ihre dunkelrot betonten Lippen halboffen, vertrocknet, und schrundiger denn je.

Sekunden später steckte das Messer in ihrer Kehle. Es folgte ein glucksendes Geräusch und ihr Kopf kippte nach unten.

Sie war tot. Aus ihrer Kehle sprudelte Blut und jegliches Leben erlosch. Ihr Schmuck, ihr Kleid, der Fauteuil, alles war in kürzester Zeit von der Blutflut überschwemmt ... All die gleißenden Steine, die ihren Hals zierten und sie bisher auf eigene Art und Weise übermächtig wirken ließen, verloren blitzschnell sämtlichen Glanz und Wert und verliehen ihrem Tod dennoch einen besonders feierlichen Charakter.

Später hatte ich das Haus mit leeren Händen und ebenso leeren Hosentaschen verlassen. Ich wollte nichts bei mir haben, was man später mit mir in Verbindung bringen könnte. Leer war auch mein Kopf, ganz ohne Gedanken. Das schuf eine Distanz zwischen mir und jener Frau, die sich zuvor auf den Weg zur Wohnung einer wohlhabenden alten Dame begeben hatte.

Der Fahrer muss mir in der Zwischenzeit eine Frage gestellt haben, denn während er mir auf die Schulter klopft, fragt er: „Geht es Ihnen gut?"

Ich fliehe aus meinen Gedanken in die Realität.

„Ja, ja, ich bin nur etwas erschöpft. Fahren Sie bitte weiter", antworte ich mit einem verlegenen Lächeln.

Wie zur Bestätigung meiner Worte wende ich mich von ihm ab und starre durch das Wagenfenster in den Abendhimmel.

Doch meine Gedanken holen mich erneut ein.

„Warum war Tante Gabriele an jenem Tag so gelassen, so seelenruhig ...?“, frage ich mich zum abertausendsten Mal und ... „Habe wirklich ICH sie getötet?“

In einem dunklen Winkel meines Gedächtnisses schlummert eine andere Wahrheit und ich sehe die Spritze, die jemand anderer ihr in den Körper jagt ...

22

Der Fahrer tut mir den Gefallen und fährt einfach weiter. Er versucht kein Gespräch mehr in Gang zu bringen.

Vielleicht ist es unhöflich von mir, so wortkarg zu sein, denn immerhin hat er mich netterweise mit seinem Auto mitgenommen. Doch mir ist es ehrlich gesagt auch relativ egal. Ich kann einfach nicht Smalltalk betreiben, wenn mir so viele Dinge im Kopf herumschwirren.

Meine Gedanken kreisen um Emily und Josh, die ich so schweren Herzens zurück gelassen habe. Ich fühle mich, als hätte man mir mein Herz herausgerissen. So unendlich schmerzt mich der Verlust.

Doch ich muss in Österreich etwas zu Ende führen, um endlich frei zu sein. Das ist mein primäres und wichtigstes Ziel, denn nur dann kann ich ein glückliches Leben mit meiner Tochter und Josh führen. Ich hoffe so sehr, dass er auf mich wartet und versteht, wenn ich ihm irgendwann alles erkläre: Meine Vergangenheit und die Leichen, die meinen Weg pflastern.

Tief in Gedanken versunken merke ich gar nicht, dass wir am Flughafen angekommen sind. Erst als der Fahrer hält, mich anstuppst, dann mit dem Finger nach vorn zeigt und sagt: „Wir sind da!", wird es mir bewusst.

„Vielen Dank fürs Mitnehmen. Das war sehr nett von

Ihnen", bedanke ich mich und lächle ihn an.

„Keine Ursache, hab ich doch gern gemacht. Ich wünsche Ihnen einen guten Flug, wohin auch immer", entgegnet er und wir verabschieden uns voneinander.

Ich gehe in das Flughafengebäude hinein und suche einen weniger frequentierten Schalter, an dem ich meinen Flug nach Graz buchen kann. Als ich an der Reihe bin, fällt mir vor Nervosität meine Handtasche auf den Boden und ein paar Dinge fallen heraus. Eilig sammle ich wieder alles ein. Da fällt mir der kleine Zettel in die Hand, darauf habe ich die Telefonnummer geschrieben, bei der ich mich in Österreich melden sollte. Bislang habe ich das nicht getan, aus verschiedenen Gründen: Erstens aus Angst, was mich erwarten könnte und zweitens, weil ich mir einredete, keine Zeit für solch ein Gespräch zu haben. Ausreden! Damit kenne ich mich aus …

Doch ich nehme mir fest vor, wenn ich in meinem Haus in der Steiermark angekommen bin, werde ich die Nummer anrufen. Schließlich geht es nur um eine Zeugenaussage. Wahrscheinlich, um den Unfallhergang zu klären … mein ‚Bruder'! Das Wort klingt noch immer eigenartig in meinen Ohren. Wie dem auch sei, mein Vorsatz ist fester denn je: Ich werde nicht mehr davon laufen, egal was passiert.

Endlich bin ich an der Reihe und sage der Dame am Schalter wohin ich will: „Bitte ein One-Way-Ticket nach Graz!"

„Einen Moment bitte", erwidert sie freundlich.

Wir klären die Formalitäten und ich habe Glück, verdammtes Glück, denn der nächste Flug geht bereits in zwei Stunden. In diesen zwei Stunden vertrödle ich meine Zeit mit Kaffeetrinken und dem Lesen einer Zeitung, die ich mir an einem Flughafenkiosk kaufe. Eine überflüssige Geldausgabe, denn ich überfliege die Zeilen interesselos und nehme den Inhalt gar nicht wahr. Mir gehen wichtigere Dinge im Kopf herum.

Endlich wird mein Flug aufgerufen.

Erleichtert lasse ich mich kurz darauf in meinen Sitz fallen. Ich fühle mich ausgelaugt. Es war alles zu viel, was in den letzten Stunden passierte: Der unerwartete Besuch von Detlef, der Mord, das Vergraben der Leiche im Garten und das Allerschlimmste ... dass ich Emily und Josh verlassen habe.

Ich schließe meine Augen und rufe mir ihre Gesichter ins Gedächtnis, will an sie denken, denn nur sie können mir die nötige Kraft geben. Kraft, die ich brauche für alles was noch auf mich zukommen wird. Die Sehnsucht, danach endlich ein normales Leben führen zu können, wird übermächtig.

Die Maschine hebt ab und beginnt mit dem Steigflug ... wäre doch nur das Leben ebenso einfach!

Nach der Landung und dem Verlassen des Flughafens, suche ich mir ein Taxi, das mich in mein Haus bringen soll. Recht schnell finde ich einen freien Wagen und nenne dem Fahrer die Adresse. Ich bin angespannt und der Wunsch, meine Augen zu schließen, zu schlafen und zu vergessen, wird übermächtig. Übelkeit steigt in mir hoch und ich konzentriere mich darauf, mich in dem Taxi nicht zu übergeben. Selten kam mir eine Autofahrt so lange vor.

Vorrangiges Ziel ist es, meine Vergangenheit zu bewältigen. Dazu benötige ich mein Tagebuch. Wo auch immer es jetzt auch sein mag. Eine Vorahnung macht sich in mir breit. Dieses Gefühl, dass ich mich ihm nähere, lässt mich nicht mehr los. Das Tagebuch muss einfach hier in Österreich sein. Ich bin mir sicher, dass ich es nicht verloren habe. Detlef hatte es bei sich und als ich ihn vergrub, war es verschwunden.

Da ich akribisch genau danach gesucht habe, muss noch jemand anderes in der Nähe gewesen sein, der es genommen hat, als ich mit Josh in der Küche war. Soll mich derjenige ruhig finden, ich werde vorbereitet sein – sein ‚Mich-Finden‘ wird das Ende meiner Suche sein. Ich habe dazu gelernt und ich weiß, wie man tötet … Diese Aussage lässt mich schaudern. Immer öfter scheint es Gewissheit zu sein, welche Wahrheiten in dem Tagebuch niedergeschrieben sind.

„Junge Dame, wir sind am Ziel. Hallo, bitte aufwachen!“, weckt mich der Fahrer und ich schrecke hoch. Ich bin tatsächlich eingeschlafen. Kein Wunder bei der ganzen Aufregung. Ich bezahle, bedanke mich und steige aus. Dankend winke ich ab, als der Taxilenker mir mit dem Gepäck helfen will. Das schaffe ich alleine.

Alleine … genauso stehe ich also hier in der Steiermark, vor meinem Traumhaus, das ich mir gekauft hatte um Frieden zu finden, der mir doch bis heute nicht begegnet ist. Dennoch kann ich spüren, dass ich in irgendeiner Art und Weise angekommen bin. Ist es wieder einmal ein Versuch, irgendwo anzukommen? Wird das irgendwann einmal enden? Kann ich wirklich einmal irgendwo einfach nur ankommen und bleiben?

„Ja, Sam, das kannst du und das wirst du. Hier in Österreich wirst du es zu Ende bringen und dann kannst du Emily und Josh wieder in die Arme schließen. Du musst nur stark sein und fest genug daran glauben", flüstert mir meine innere Stimme zu.

Ich suche meinen Schlüssel für das Haus, schließe auf und trete ein in mein Zuhause. Es fühlt sich gut an hier zu sein, auch wenn der Trennungsschmerz von den einzigen beiden Menschen mich schier auffrisst. Geht es Emily gut? Wird Josh mir mein Weggehen verzeihen? Ich werde dafür beten, das nehme ich mir fest vor.

Mit dem Auffinden des Tagebuchs werde ich meinen Weg in eine ruhige Zukunft ebnen, in der ich alles Schreckliche hinter mir lassen und neu beginnen kann.

So hoffe ich wenigstens.

Ein wenig staubig ist alles im Haus, doch das stört mich nicht. Alles scheint so zu sein, wie ich es damals –

fluchtartig – verlassen habe.

Ich weiß nicht warum, doch plötzlich fällt mir wieder der junge Mann ein, der behauptete, mein Bruder zu sein. Ob er noch lebt? Hat er das Krankenhaus gesund verlassen? Wollte mich die Polizei deshalb anhören? So viele offene Fragen, auf die ich die Antworten noch suchen muss.

Nachdem ich genügend Licht im Haus angemacht und die Jalousien herunter gelassen habe, gönne ich mir endlich den Luxus, mich auf das Sofa zu setzen.

In meinem Kopf schwirrt alles, er schmerzt. Ich massiere meinen Nacken, es sollte ein wenig helfen die Verspannungen zu lösen. Es ist schon spät, stelle ich nach einem Blick auf meine Armbanduhr fest. Ich will versuchen, ein wenig Schlaf zu finden. Ich muss mich dringend ein wenig erholen.

Morgen werde ich diese Nummer anrufen. Morgen ... ja, ich schiebe es erneut hinaus. Auch wenn es mich brennend interessiert, was die Polizei von mir will. Aber jetzt will ich nur noch schlafen.

Mein Blick fällt wie zufällig auf den Couchtisch und ich erstarre ... Mein Tagebuch! Mir wird es plötzlich heiß und kalt gleichzeitig. Jemand war hier! Irgendwer hat dieses Tagebuch hier platziert, so dass ich es finden muss! Doch woher wusste dieser Jemand, dass ich zurückkehren würde?

Angst kriecht in mir hoch und umklammert mein Herz. Ich muss die aufsteigende Panik unterdrücken, klar denken … War außer mir noch jemand in dem Haus? Ich muss es durchsuchen, wachsam bleiben, denn ich will nie wieder ein Opfer sein.

Einerseits bin ich froh, das Tagebuch zurück zu haben, andererseits befinde ich mich in einem seelischen Chaos, weil jemand in meinem Haus war oder sogar noch ist.

Akribisch durchsuche ich alle Räume, versuche, geräuschlos jeden Winkel zu erkunden. Niemand … hier ist niemand. Nur mein eigenes Atemgeräusch macht mir Angst. Ich versichere mich, dass alles fest verschlossen ist, Türen und Fenster und alle mir bekannten Ab- und Aufgänge zu Keller und Dachboden. Nachdem ich sicher bin, dass alles dicht ist, hole ich mir eine Decke und lege mich mit dem Tagebuch in den Händen auf mein Sofa.

Ich drehe und wende es in meinen Händen. Die Versuchung, es jetzt zu öffnen ist groß, doch ich muss ihr widerstehen. Es ist abzusehen, dass ich den Inhalt heute nicht mehr verkraften könne. Mein Körper schreit nach Ruhe, nach Entspannung. Ich versuche an Emily, meine kleine süße Tochter, zu denken und an Josh, der so gut zu mir war. Mit diesen beruhigenden Gedanken will ich einschlafen. Und mit sonst nichts. Diese beiden Menschen halten meinen Überlebenswillen aufrecht, sie sind mein Lebensinhalt, meine Hoffnung …

23

Dass Albträume mich plagen werden, habe ich geahnt. Welche Ausmaße sie annehmen, damit konnte ich nicht rechnen.

Abwechselnd stechen Tante Gabriele und mein ‚Bruder' mir Nadeln in die Venen, injizieren mir Mittel, die die Geburt beschleunigen sollen und gleichzeitig mein Gedächtnis ausschalten. Irgendwo höre ich das schallende Gelächter von Frankie, und George läuft vor dem improvisierten Krankenbett wie ein Tiger auf und ab.

„Wann kommt dieses Kind endlich zur Welt? Ich muss es haben. Dieses Balg wird sonst unser Untergang."

Irre Schmerzen jagen durch meinen Unterleib. Ich möchte schreien, doch jeglicher Laut erstickt in meinem Mund. Ein nach Blut schmeckender Lappen wurde mir zwischen die Lippen geschoben. Meine Zähne vergraben sich in dem kratzenden Stofffetzen, das Salz meiner Tränen vermischt sich mit dem metallischen Geschmack zu einer übelschmeckenden Substanz. Mein Magen rebelliert, sein Inhalt will hinaus ... ich drohe daran zu ersticken.

Mein Baby ... da ist mein Baby. Ich schwebe über

mir und dem winzigen Etwas, das sie aus meinem Bauch schneiden. Es ist ein Mädchen, sie ist so schön ... Ich werde sie nie in meinen Armen halten.

Schweißgebadet wache ich auf. Ich bin gefangen ... war es kein Traum? Links und rechts von mir ragen Pfeiler auf, über mir eine dunkle Platte. Hat man mich lebendig in einen Sarg, ein Mausoleum gesteckt? Panisch schlage ich mit den Händen um mich, was weitere Schmerzen zur Folge hat, als meine Handrücken gegen die hölzernen Pfosten prallen. Langsam kehrt die Orientierung zurück und ich begreife, dass ich unter dem Couchtisch zu liegen gekommen bin. Ich muss während meines Albtraums von der Liegefläche gerutscht sein und dann robbend, auf der schlafwandlerischen Flucht, unter dem Tisch Schutz gesucht haben. Zu guter Letzt schlage ich mir auch noch den Kopf an, als ich mich aufsetzen will.

Ich krieche auf allen Vieren zu der Stehlampe und drücke auf den Lichtsensor. Der Anblick, der sich mir bietet, lässt mir die Haare zu Berge stehen:

Überall auf dem Boden sind Engelsflügel gezeichnet. Mit weißer Kreide ...

Meine Kleidung ist zerrissen, mein Arm ist blutig und ich entdecke eine winzige Einstichstelle.

Was passiert hier gerade mit mir?

Mein Handy läutet, eine unbekannte Nummer. Noch hoffe ich, dass Josh es ist, der mir nachtelefoniert. Aber der Gedanke erlischt in jenem Moment, als eine gefährlich klingende Stimme sich meldet: „Sami, denkst du, dass du so leicht davonkommst? Du hast Detlef auf dem Gewissen und ich habe es gesehen. Ich brauche dich nicht töten. Du wirst es selber tun ..." Die Verbindung ist unterbrochen.

Mit einem irren Aufschrei schleudere ich das Handy durch das Wohnzimmer. Erst jetzt sehe ich, dass Türen und Fenster offen stehen. Jemand muss einen Zweitschlüssel zu meinem Heim haben. Denn ich bin mir hundertprozentig sicher, dass ich alles abgesperrt hatte ... bin ich wirklich überzeugt davon? Mein Blick fällt auf die angebrochene Packung Antidepressiva, die auf dem Couchtisch liegt.

Wie spät ist es überhaupt? Ich habe jegliches Zeitgefühl verloren. Durch die offenen Fenster lacht mir der neue Tag entgegen. Sonnenstrahlen fluten herein und Staubpartikel flirren unruhig durch die Luft.

Es ist kurz nach acht Uhr und ich habe das Gefühl in den vergangenen Stunden zwischen Ohnmacht und Traum gependelt zu haben.

Mit zitternden Fingern nestle ich nach dem Zettel mit der Telefonnummer. Die Polizei ... womöglich die letzte Chance, diesen Irrsinn aufzuklären. Unfähig, aufzustehen, krieche ich zu meinem Telefon. Dem Festnetzapparat, der in diesem Haus installiert ist. Selten zuvor war ich so froh, etwas so Antiquarisches zu besitzen. Das

Handy hätte ich jetzt auch nicht benutzt, wenn es noch ganz gewesen wäre. Das filigrane Gerät ist in all seine Bestandteile zersplittert, als es mit dem Kachelofen Bekanntschaft geschlossen hat. Es ist gut so, dass es kaputt ist, denn ich denke, dass es manipuliert wurde und meine Verfolger mich so unter Kontrolle halten wollten.

Schon beim Drücken der Tasten auf dem mobilen Teil des Festnetztelefons schießt es mir durch den Kopf: Das ist nicht die Telefonnummer der örtlichen Polizei. Das ist nicht früher darauf gekommen bin ... Die Nummer müsste mit der Zahlenkombination 059 beginnen. Verdammt, wem gehört die Nummer, die ich laut Annonce anrufen soll?

Das Freizeichen ertönt.

Ein Klicken, das Gespräch wird angenommen.

„Hallo!", meldet sich eine männliche Stimme, die ich erst nicht zuordnen kann.

„Wer sind Sie und was wollen Sie?" Meine Stimme überschlägt sich. Zorn, Wut und Angst rauben mir die Beherrschung.

„Sam? Bist du das?", erklingt die Frage des Mannes.

„Ja, wer sonst?", herrsche ich ihn an.

„Ich nehme an, sie haben dich gefunden?", fragt der Fremde überflüssigerweise und ehe ich die Chance bekomme, etwas darauf zu antworten, redet er schon weiter. „Du kennst mich, und auch wieder nicht. Ich bin dein Bruder Daniel. Der, den du unter blutigen Umständen kennengelernt hast. Meinen sogenannten Unfall habe ich einem deiner ‚Freunde' zu verdanken." Nachdem er das Wort ‚Freunde' besonders betont hat, schweigt er.

„Und?", hake ich nach. „Was hast du mir zu sagen? Oder weshalb der Scheiß mit der Zeitungsanzeige? Ohne der hätte mich Detlef gar nicht gefunden, nehme ich an." Langsam aber sicher wird es mir zu blöd. Ich hasse es, wenn jemand nicht zur Sache kommt, und sich jedes Wort aus der Nase ziehen lässt.

„Sie hatten dich schon gefunden, Sami", erklärt Daniel. „Ich wollte dich warnen. Über einen Privatdetektiv habe ich einiges über dich herausgefunden und wollte dir helfen. Moment, es klopft an der Tür …"

Ich höre, wie der Hörer zur Seite gelegt wird. Vernehme Schritte, die sich entfernen, ein Klicken, das der Schlüssel verursacht, wenn er im Schloss gedreht wird und … ich höre einen unterdrückten Schrei.

„Daniel?", brülle ich so laut ich kann. Warum auch immer, ich sorge mich um den Kerl, der vorgibt, mein Bruder zu sein. Vielleicht ist das ein Stück Familie, das mir zur Vervollständigung meines Glücks mit Emily und Josh fehlt.

Der Hörer am anderen Ende der Leitung wird wieder aufgenommen, meiner fällt mir aus der Hand, als ich eine wohlbekannte Stimme höre: „Sami, mein Engel. Tut mir leid. Dein Bruderherz kann nicht zum Telefon kommen. Gregor kümmert sich gerade um den Verletzten. Du weißt doch, er ist der Arzt deines Vertrauens."

Noch ehe ich wütend etwas erwidern kann, höre ich das unterdrückte Fluchen Gregors, der Franky zuruft: „Der Kerl hat uns geli ...", einen furchtbaren Knall und mir kommt es vor, als würde die hörbare Detonation auch mein Trommelfell in Mitleidenschaft ziehen.

„Tut-tut-tut ..."

Die Verbindung ist abgebrochen.

Ich stecke den Mobilteil zurück auf die Station und setze mich auf die Couch. Was hatte das zu bedeuten? Hatte Daniel etwas mit dieser Explosion, zumindest hielt ich das Gehörte für solch eine, zu tun? Unfähig, auch nur einen klaren Gedanken zu fassen, starre ich abwechselnd auf die weißen Flügel am Boden und auf das Telefon. Es bleibt stumm.

Ereignisse, wie die unerklärliche Explosion in einem Haus, das außerhalb von Graz idyllisch gelegen hat, verbreiten sich rasch. Die Medien überschlugen sich in ihren Berichterstattungen und der Interpretation dessen, was geschehen sein mochte. Halbwahrheiten, Vermutungen, vage Aussagen von Leuten, die im Prinzip nichts gesehen hatten und die Fantasie von engagierten Reportern ließen folgende Meldung verlauten:

„Das am Stadtrand von Graz befindliche Einfamilienhaus des Daniel K., wurde heute – vermutlich durch die Detonation einer bisher unentdeckten Fliegerbombe aus dem 2. Weltkrieg – bis auf die Grundmauern zerstört. Menschliche Leichenteile wurden gefunden. Die

Identität der Opfer ist jedoch ungeklärt und es ist abzuwarten, ob diese jemals festgestellt werden kann. Sach-
dienliche Hinweise …" Es folgte das übliche „Bla-Bla"
und ich horchte nicht mehr hin.

In meinem Kopf liefen Bilder wie in einem Film ab.
Hatte Daniel sein Leben für mich geopfert? Was hatte er
herausgefunden, viel mehr der von ihm engagierte Privatdetektiv? Konnte ich diesen Privatdetektiv aufspüren, damit er mir verriet, was meinem Bruder höchst-
wahrscheinlich das Leben gekostet hatte? Waren Franky
und Gregor wirklich tot? Ausgelöscht für immer? Vorläufig würde ich es nicht erfahren …

Rote Absperrbänder schaukeln im Abendwind. Aufmerksam studiere ich die Umgebung. Niemand ist zu
sehen. Rauch steigt noch von der Unglücksstelle auf,
vielleicht ist es auch Staub, der aufwirbelt. Vorsichtig
steige ich über verkohlte Holzlatten, zerbröckelte Mau-
erteile und haufenweise Scherben von zerborstenem
Fensterglas. Ich will herausfinden, ob meine Verfolger
hier wirklich den Tod gefunden haben und ich endgültig
frei bin. Die Leichenteile hat man weggeschafft, das war
klar, doch vielleicht entdecke ich einen Hinweis, wenn
auch nur einen kleinen, dass es sich bei den Toten um
Franky und Gregor handelt. An Daniel habe ich keine
Erinnerung und werde sie auch nie haben. Oder doch –
vielleicht in meinem Tagebuch …

Siedend heiß fällt mir ein, dass ich es heute noch gar nicht gesehen habe. Wahrscheinlich ist es bei meinen nächtlichen Aktivitäten, die auf den Albtraum zurückzuführen waren, unter die Couch gerutscht. Ich haste zu meinem Auto, rase heim ... ungeachtet dessen, dass die Radarfalle zuschnappt und stürze ins Haus.

Wie angewurzelt verharre ich auf der Schwelle zum Wohnzimmer. Die Kreideflügel am Boden sind verschwunden. Alles steht ordentlich an seinem Platz, selbst die Fragmente des Handys neben dem Kamin sind nicht mehr zu sehen. Ich wische mir über die Augen, versuche, den drohenden Irrsinn so von mir fernzuhalten.

Das Knarren einer Tür ist zu hören. Die Verbindungstür von der Küche zum Wohnzimmer öffnet sich. Ich erwarte, dass Franky oder Gregor mir gleich höhnisch lachend gegenüberstehen und ich mich in einem weiteren grausamen Albtraum befinde, der mich in einen nie endenden Strudel des Schreckens reißen wird.

Ergeben schließe ich die Augen und erwarte das Unvermeidliche.

Ein gurrendes Babylachen ist zu hören und eine sanfte Stimme, die sagt: „Sam, tut mir leid. Ich habe es nicht ausgehalten und bin dir nachgereist. Es wird alles gut. Glaube mir. Ich liebe dich."

Sekunden später liege ich in Josh' Armen und küsse abwechselnd ihn und meine geliebte Emily.

Es ist gelungen. Dies ist Teil 2 der Trilogie, doch Teil 3 ist bereits kurz vor Fertigstellung, denn diese Bücher wurden parallel geschrieben.

Etwas, das auf den ersten Blick unmöglich erscheint, das haben wir geschafft. Wir, das sind sechzig KünstlerInnen aus der ganzen Welt, schrieben gemeinsam ein zusammenhängendes Buch.

Wohl werden manche sagen: „Wenn ich nachzähle, dann sind es keine sechzig, die da geschrieben haben."

Glaubt mir, es sind sechzig und zwar genau. Denn auch die Coverdesigner, die LektorInnen und alle anderen, die an dem Buch mitgearbeitet haben, sind in dieser Zahl enthalten. Wohl verdient.

Ist es oftmals schon schwierig, ein Buch gemeinsam mit nur einer Kollegin oder einem Kollegen zu schreiben, mit so vielen AutorInnen grenzt diese Idee schon eher an Wahnsinn.

Allerdings ist es genau DAS, was das Besondere ausmacht. Etwas zu versuchen, auch wenn die Chancen denkbar schlecht stehen, dass es gelingt, und dieses Projekt dann auch durchzuführen.

Nun, es ist eine Lebensphilosophie von mir, das Unmögliche zu probieren, das, was niemand anderer wagt. Nicht umsonst heißen die Workshops an Schulen, die ich zum Thema ‚Gewaltprävention' halte:

„GEMEINSAM SIND WIR GROSSARTIG."

Denn das sind wir und gemeinsam ist so vieles machbar.

Ihr, liebe Leserinnen und Leser, glaubt an uns. Es gefällt euch und ihr schätzt das, was wir euch an Kunst bieten. Und wir, wir glauben an euch, dass wir es euch wert sind, unsere Arbeit bezahlt zu bekommen.

Hier spreche ich meinen Dank aus: ein riesiges Danke an alle, die durch diese drei Bücher mit mir gegangen sind. Es war nicht leicht und oft musste ich die Herde zusammenhalten, meine Patch-Work-Familie, wie einer meiner Autoren so liebevoll gesagt hat. Oft musste ich etwas drängen, ermuntern, Mut geben, zuhören, Zweifel beseitigen. Und jetzt, mit dem Druck des letzten Bandes der Trilogie, jetzt sind wir alle stolz darauf.

Ich danke Rudi Treiber, der mit seinen klaren Worten die richtige Motivation für dieses Werk und damit den Startschuss gab.

Ich danke

– meiner Co-Autorin Verena Grüneweg, die schon so manchen Thriller mit mir schrieb; dass sie das allererste Kapitel verfasst hat, denn oft ist der richtige Beginn das schwerste.

– dem Lektorinnen-Team, allen voran Renate Zawrel und dem Sarturia-Verlag, denn ohne laufendes und begleitendes Coaching sowie Lektorat ist so ein Projekt zum Scheitern verurteilt. Toll gemacht.

– Britta Kummer, Christine Erdic, Heidi Dahlsen, Charlotte Titz, Petra Bukowsky und allen noch kommenden JournalistInnen für ihre Berichterstattung und die Pressemeldungen.

– Sally Bertram, die mir die tägliche Arbeit an der Verlags-Website abgenommen hat.

– allen Autorinnen und Autoren für ihren Einsatz, alles liegen und stehen zu lassen, damit ihr Part rechtzeitig fertig ist und das Projekt nicht zum Stillstand kommt. Auch dafür, dass ihr nun mit Lesungen und Präsentationen dieser Trilogie, das Werk und unsere Botschaft in die Welt tragt.

Und vor allem danke ich mit all meiner Kraft, den Menschen, die mich begleiten, die mir Mut und Energie geben, mich stärken und demjenigen, der mich hin und wieder vom PC zerrt, damit ich etwas entspanne.

Alleine kann man kaum etwas bewegen, aber wenn wir uns alle an den Händen nehmen, dann geht einfach alles.

Eure Karin

ISBN 978-3-903056-40-4
www.karinaverlag.at

Rudi Treiber (Vorwort) steht mit all seiner Kraft hinter seinen Vorhaben, war Lehrer, ist Musiker, Maler, Olivenbauer und Schreiber – als Schriftsteller will er sich nicht bezeichnen – und dies alles mit einer Leidenschaft und Konsequenz, die viele verblüfft.

Mit seinen Worten zeigt er die Fehler, Irrtümer und Irrglauben seiner Mitmenschen auf. Nimmt sich kein Blatt vor den Mund, um seine Meinung zu vertreten.

Ein ständiger Provokateur, intellektueller Kosmopolit, Träumer und Illusionist.

In seinen Worten, und in seiner Musik, teilt er seine Ansichten über Kindesmissbrauch, Drogen, Neonazis, Politik und Lügen der Menschheit. Aber er findet auch Platz für Sentimentales ohne Peinlichkeit.

2014 erschien ‚Das Diktat des Durchschnitts‘

Karin Pfolz (Prolog/Kapitel 16/Kapitel 18) lebt in Wien. Sie arbeitet als Autorin und Malerin. Für ihre Kindergeschichten wurde sie 2011 und 2012 mit dem ‚Sparefroh–Preis Österreich‘ ausgezeichnet. Ihr Roman ‚Manchmal erdrückt es mich, das Leben‘ erschien in der Erstauflage 2012, der Thriller ‚Du lügst dich durch mein Leben‘ 2014. Sie unterstützt mit ihren Büchern die ‚Autonomen österreichischen Frauenhäuser‘, hält ‚Gewalt–

Präventions–Workshops' an Schulen und spricht offen in den Medien über das Tabu–Thema familiärer Gewalt. Zahlreiche Fernseh– und Radiointerviews begleiten sie auf ihrem Weg gegen Gewalt.

Seit 2014 ist sie Vorstandsvorsitzende des Vereins ‚Respekt für Dich – Autorinnen gegen Gewalt' und Geschäftsführerin vom Karina-Verlag.

Sie hat 2014 die Aktion ‚Jedes Wort ein Atemzug' und 2015 ‚Nicht umsonst' ins Leben gerufen und leitet diese Projekte.

Veröffentlichungen:

‚Manchmal erdrückt es mich, das Leben', Roman

‚Du lügst dich durch mein Leben', Thriller

‚Hexenschatten' und ‚Verloren im Leben', Thriller mit Co–Autorin Verena Grüneweg

‚Die Reise der Bücher', Kinderbuch

‚Gemalte Geschichten', Kinderbuch

Marlies Hanelt (1. Kapitel), geboren 1953 in Berlin/Charlottenburg. Die Mutter eines Sohnes schreibt Kurzgeschichten für Anthologien.

2015 erste eigene Publikation im Genre Horror/SF beim Mondschein Corona Verlag „Durch Zeitstrudel in andere Epochen, Ausweglos".

Maruschya Markovic (2. Kapitel) wurde 1956 in der Lüneburger Heide geboren.

Durch ihr Studium der Anglistik und Romanistik

entdeckte sie die Freude am Tanz mit der Sprache und an der Literatur. Bereits damals wuchs der Wunsch, selbst kreativ tätig zu werden.

Heute lebt die Autorin, die hauptberuflich bei einer großen deutschen Fluggesellschaft tätig ist, mit ihrem Mann und ihren beiden Katzen Bijou und Dobi in dem kleinen Städtchen Neu-Isenburg in der Nähe von Frankfurt am Main.

Veröffentlichungen:

‚Pitt Funki und sein Träumer – eine unterhaltsame Spotlight-Biografie'

‚Seppl Sonnenschein – eine Katzen-Kinder-Geschichte'

‚Das Geheimnis vom Pietzmoor – Spökenkiekerei aus Schneverdingen'

‚Wenn Eisblumen knistern und Wichtel flüstern – Advents- und Wintergeschichten'

‚Wenn Sonnenstrahlen lächeln – Gedichte'

Sowie diverse Geschichten und Gedichte, die im Rahmen von Anthologien erschienen sind.

Werner Thieke (Kapitel 3) wurde 1950 in Berlin geboren. Er ist in jungen Jahren zur See gefahren und hat später als Fleischermeister ein eigenes Geschäft betrieben. Nach einer Krebserkrankung begann er mit dem Schreiben. Anfangs eine biographische Erzählung über seine Seefahrt, nachfolgend Geschichten für Kinder, dann Kurzgeschichten (siehe die Anthologien "Jedes

Wort ein Atemzug" 2, Sonnen-, und Reisegeschichten im Karina Verlag). Im März 2015 erhielt er einen Autorenvertrag für "Pia und die Feriendetektive", weitere fertige Manuskripte warten schon auf eine Veröffentlichung und er hat noch viele Ideen für weitere Bücher.

Markus Kohler (4. Kapitel) 50 Jahre alt oder jung. Inhaber von Markus' Bücherkiste. Bücher begleiten ihn also stetig. Sein Debüt–Roman ,Tod? – Ich bin da!' wird 2015 veröffentlicht. Er lebt in einem kleinen Dorf bei Soest und der Schrecken ist hier zu Hause.

Bella Isabel (Isabel Chwirot, 5. Kapitel) geboren 1971 in Erwitte, lebt mit ihrer Familie in einem neunzig Seelen Dorf bei Paderborn. Ihr größtes Hobby ist das Lesen von Krimis, Thrillern und Psychothrillern. Das fünfte Kapitel in diesem Buch ist ihr Debütwerk. Ein kleiner Ausflug in die Welt der Autoren.

Ursula Kötz-Tintelnot (6. Kapitel) ist in Mannheim geboren.

Nach dem Studium der Fotografie in Berlin hat sie in Mannheim, Bremen und Hamburg Schrift und Graphik studiert. Lebt und arbeitet in Hamburg als selbstständige Buchhändlerin.

Ihr erstes Werk war ein Bilderbuch. Danach folgten Gedichte. Mittlerweile wurden zwei Fantasyromane veröffentlicht: Faith und ihre Freunde haben mich sozusagen überfallen und sich in meinem Kopf selbstständig gemacht. 2014 wurde der zweite Band zu „Faith Tochter der Lichten Welt" beendet. „Faith und Richard Sohn der Schattenwelt." Ob es einen dritten Band geben wird, liegt in der Hand von Faith und Richard. Man darf sich überraschen lassen. 2015 erschien ‚Violetta'.

Jessica Johanna Winter (7. Kapitel) wurde 1969 in Kufstein im Tiroler Unterland geboren, wo sie heute mit ihrem Mann und den zwei Kindern lebt. Bei Tag arbeitet ich mit Zahlen, in den Nächten widmet sie sich seit einigen Jahren aber auch den geschriebenen Worten.

Neben kleinen Kurzgeschichten und Drabbles *(eine pointierte Geschichte, die aus exakt 100 Wörtern besteht)* gehört ihre große Leidenschaft dem Schreiben von Fantasy-Romanen, gespickt mit Spannung, Romantik und der ganz großen Liebe.

Dagmar Finger (8. Kapitel) wurde am 21.10.1954 in Gummersbach geboren.

In ihrem Beruf als Erzieherin, den sie mehr als zweiundvierzig Jahre ausübt, macht es ihr große Freude, Kindern unter anderem Literatur nahe zubringen.

Sie prägt ihren Kindergarten durch den Schwerpunkt Theater. Jedes Jahr werden mit viel Erfolg eigene Stücke aufgeführt. Für Regie, Darsteller und Kostüme zeigt sie sich ebenso verantwortlich.

Es gelingt ihr, die Brücke zwischen Kind und Erwachsensein durch Botschaften zu bauen.

Ein Herzinfarkt im Jahre 2011 veranlasst sie, ihr Leben neu zu gestalten.

Sie spürt, Zeit ist nicht unendlich, und so beginnt sie, Kurzgeschichten und Gedichte für die Öffentlichkeit zu schreiben. Das größte Kompliment: „Sie schreibt nicht für Kinder und Erwachsene, sie schreibt für Menschen." Über sich selbst sagt sie: „Ich schreibe *mit* Herz und Seele *für* Herz und Seele. Die Phantasie des Lesers und Zuhörers durch das Fühlen eigener Bilder und Gedanken soll bewegen."

Mittlerweile ist Dagmar Finger in zahlreichen Anthologien vertreten. Ende des Jahres 2014 erschien ihr erstes Bilderbuch: ‚Die Tränen der Muschel'. Ein zweites folgt im Herbst.

Ihr Kurzgeschichtenbuch ‚Seiltanzen' folgt Ende 2015.

Neben Literatur ist die Liebe zur Insel Kreta ein wichtiger Bestandteil ihres Lebens. Hier fühlt und findet sie das, was in ihren Geschichten zum Ausdruck kommt: Herz und Seele.

Unter dem Pseudonym **Elfride Stehle** (9. Kapitel) schreibt und veröffentlicht Heidi Stolle seit 2012 Gedichte und Geschichten in verschiedenen Anthologien.

Die 1949 in Cottbus geborene Autorin lebt seit 1974 mit ihrem Mann und ihren drei Kindern in Bautzen. Wenn sie sich zwar auch schon als Schülerin für das Schreiben interessierte, besann sie sich darauf erst wieder durch den Aufruf zu einem Gedichtewettbewerb. Seitdem nimmt sie immer wieder an Schreibwettbewerben teil.

Im September 2013 erschien ihr erstes Buch ‚... kopfüber und mittendrin ...‘, und im Dezember 2014 folgte ‚Lust auf Blütenduft und mee(h)r ...‘ mit Gedichten zum Wohlfühlen im Karina Verlag.

Neben einem weiteren Gedichtband möchte Elfride Stehle demnächst auch noch verschiedene Kurzgeschichten veröffentlichen. Dem Schreiben von Lyrik bleibt die Autorin aber treu.

Susanne Swazyena (10. Kapitel) ist gebürtige Berlinerin, lebt seit 2012 in Stuttgart und ist glücklich verheiratet. Sie arbeitet als hauptberufliche Texterin und Konzeptioniererin. Als Autorin ist sie noch ein Neuling. Sie feierte ihr Debüt mit der Kurzgeschichte „Die Schicksalskette" im Buch „Jedes Wort ein Atemzug – Magisch und Mystisch" des Vereins „Respekt für dich". Seitdem arbeitet sie kontinuierlich und hoch motiviert an weiteren Kurzgeschichten. Außerdem wurde ihr Gedicht ‚Trauer‘ in der Anthologie ‚Ausgewählte Werke XVII – 2014‘ von der Bibliothek deutschsprachiger Gedichte veröffentlicht.

Medusa Mabuse (Pseudonym) (11. Kapitel), Jahrgang 65, wollte niemals schreiben. Sie sah ihre Stärke mehr im Lesen von Romanen unterschiedlicher Genres. Diese Geschichten beflügelten ihre Fantasie und sie erdachte sich daraus, oder aus banalen Alltagssituationen, ihre eigenen Storys.

Vor einigen Jahren drängte eine dieser Fantasien, die sie schon seit frühester Jugend beschäftigte, nach draußen. Sie begann, zunächst nur zur eigenen Freude, mit der Niederschrift. Hieraus entstand ihr Debütroman, den sie in zwei Bänden veröffentlicht hat. Die Arbeit an dieser Dilogie erweckte die Begeisterung am Schreiben, der sie weiterhin nachgeht.

Bisherige Veröffentlichungen:

,Strafe muss sein' - Kurzgeschichte in Jedes Wort ein Atemzug: Geschichten aus aller Welt, Teil 1

'Our Trip to London' - Kurzgeschichte

'Chandni - Destiny? Ihre Liebe begann im Traum' Band 1 - Liebesroman

,Chandni - Destiny! Liebe meines Lebens' Band 2 – Liebesroman

Celine Lichtmess (Kapitel 12) kommt aus einem kleinen Dorf nahe Hamburg. Schon seitdem sie das Schreiben gelernt hat, brachte sie immer wieder Kurzgeschichten zu Papier, die bisher jedoch unveröffentlicht blieben. Mit 17 Jahren publizierte sie im Oktober 2014 ihren Debütroman ,Wer die Wahrheit sagt'. Seit einigen Jahren schreibt sie zudem immer wieder Berichte über sportliche Erfolge in ihrem Verein. 2015 machte sie ihr Abitur und wird nun für ein Jahr einen Bundesfreiwilligendienst im Sport absolvieren.

Lena Stutzki (Kapitel 13), ist hauptberuflich Floristin und als Autorin noch ein Neuling, da sie mehr ein Bücherwurm denn ein Schreiber ist und dieser Leidenschaft sehr intensiv und vielseitig interessiert nachgeht. Ihre bisherigen Erfahrungen im Bereich ‚Schreiben' beschränken sich, von dem 13. Kapitel des Buches abgesehen, auf den Fanfiction-Bereich, der sie überhaupt erst dazu veranlasst hat, sich bewusst mit dem Verfassen von Texten und Geschichten auseinander zu setzen.

Waltraut Lang (Kapitel 14) wurde 1960 in Nesse, Kreis Cuxhaven, geboren. Ihr Leben wurde seit jeher vom geschriebenen Wort begleitet, doch durch ihre beruflichen Anforderungen als Übersetzerin (Englisch-Französisch-Deutsch) musste sie Wünsche in den Hintergrund stellen. Seit 2014 hat sie nun die Möglichkeit, ihre Worte auch zu veröffentlichen.
Bisherige Veröffentlichungen:
- März 2015: 2 Kurzgeschichten in der Anthologie , Sonnen- und Reisegeschichten: Jedes Wort ein Atemzug, ISBN-13: 978-3903056268
- April 2015:
- 2 Gedichte in der Anthologie ‚Muttergefühle:

Gedichte für Mütter', ISBN-13: 978-1508646860

- Juni 2015: Geheimnis unter der Erde: Mrs. Miller kann's nicht lassen (E-Book), ASIN: B010BKEBT4
- Juli 2015: 2 Gedichte in der Anthologie ‚Magische Welten: Zwischen Licht und Schatten',ISBN-13: 978-1514272312

Website: www.langwaltraut.jimdo.com

Biggi Ahlers (Kapitel 15) schreibt unter dem Pseudonym "Tilli Ulenspeel". Geboren 1957 in Oberhausen - jetzt mit ihrem Mann glücklich in Ostfriesland in der Nähe von Norddeich an der Küste lebend, begann mit dem Schreiben schon in jungen Jahren. Sie schrieb gerne kleine Alltagsgeschichten, auch schon mal in regionalen Zeitungen und vor allem fleißig Tagebuch. So kann sie aus einem reichen Erfahrungsschatz schöpfen. Ihre mitunter sehr schwierigen Lebenskrisen und die Lust am Leben zeichnen heute ihr "literarisches ICH" aus. Ihr soziales Engagement bei einer ortsansässigen Hospiz-Gruppe lässt sie ihre Augen und Ohren für menschliche Bedürfnisse, Schwächen und Stärken offen halten. So findet man in ihrem Blog unter www.tilliulenspeel.blogspot.de viele ihrer Kurzgeschichten, die immer eine unterschwellige Botschaft an unsere Gesellschaft haben, genau wie ihr männliches Pendant "Till Eulenspiegel". Ihr Motto lautet: „Ich schreibe, also bin ich."

Karin Pfolz (Prolog/Kapitel 16/Kapitel 18) – Siehe Seite 175

Marieluise Stolper (Kapitel 17) wurde im März 1947 als Tochter des vielen in Erinnerung gebliebenen Wattführers Alfred Behring auf Juist geboren. Nach ihrer Juister Kindheit und der abgeschlossenen Ausbildung als Friseurin, später mit Meisterbrief, zog sie im Alter von 17 Jahren aus beruflichen Gründen in den Schwarzwald. Dort lernte sie ihren Mann kennen und lebte anschließend mit ihrer Familie rund zwanzig Jahre im Oldenburger Raum. Sie hat einen verheirateten Sohn. Die enge Verbundenheit zu der Heimatinsel und dem Elternhaus jedoch blieb, so dass Juist stets ein wichtiger Bestandteil ihres Lebens war. Neue Lebensumstände führten Marieluise Stolper 1988 schließlich zurück auf ihre Nordseeinsel. Dort engagierte sie sich in einem familiengeführten Reit-und Kutschbetrieb, der in vielen Facetten Arbeit- und Lebensmittelpunkt bildete. Seit 1999 lebt die Autorin in der ostfriesischen Kleinstadt Norden. Inzwischen alleinstehend und Rentnerin widmet sie sich seit 2002 vermehrt ihrem Hobby, dem Schreiben von Gedichten, Lyrik und Geschichten. Weiterhin der Insel mit regelmäßigen Besuchen verbunden, verfasst Marieluise Stolpere seitdem in lyrischer Form kleine charmante „Liebeserklärungen" an ihre Heimat Juist.

In „Verborgene Flügel" versucht sie sich inhaltsmäßig in andere Gefilde zu begeben.

Karin Pfolz (Prolog/Kapitel 16/Kapitel 18) – Siehe Seite 175

Verena Grüneweg (19. Kapitel) lebt in Norden. Sie ist Mutter von zwei erwachsenen Töchtern. Seit vielen Jahren arbeitet sie hauptberuflich als Floristin. Das Schreiben ist ihre Leidenschaft.
Ihre Geschichten und Gedichte umfassen Bereiche wie Fantasie, Erfahrungen und Frauenliteratur. Für sie sind ihre geschriebenen Worte ‚Seelenpflaster‘. Bisher wurde die Geschichte ‚Für alle Zeit‘ in dem Buch: ‚Eine bunte Mischung Lebensgeschichten 3‘ veröffentlicht.

2014 erschien ‚Hexenschatten‘, das erste gemeinsame Buch mit Karin Pfolz als Co-Autorin, 2015 ‚Verloren im Leben‘.

Sally Bertram, (20. Kapitel) schreibt im Alter von zwölf Jahren ihre ersten eigenen Gedichte und kleinen Geschichten. Zudem verfasst sie regelmäßig Artikel für ein lokales Veranstaltungsmagazin.

Während ihrer Studienzeit setzt sie geschriebene Geschichten in gesprochene Sprache und Beiträge beim Hochschulradio um.

Ihr erstes Buch ‚Der Versuch eines normalen Lebens‘, erscheint 2010 und 2013 ‚Mord nach Manuskript‘.

2015 wird der Roman ‚Der Versuch normal zu sein‘ und ‚Nur ein Gedanke‘ (mit Co-Autorin Karin Pfolz) erscheinen.

Davíd Josemaría-Gligorovski (Kapitel 21) wurde am 05.05.1992 in Santiago del Estero (Argentinien) geboren. Seit 2010 lebt er in Wien und nächstes Jahr wird er sein Studium der Transkulturellen Kommunikation (Übersetzen und Dolmetschern) an der Universität Wien absolvieren. Er ist Mitglied des österreichischen Verbands lateinamerikanischer Autoren „ALA" und Redakteur sowie Übersetzer der zweisprachigen Zeitschrift für Literatur „La Barca de Papel", welche dieser Verband herausgibt. Das Tanztheaterstück Destino:sorpresas&chances, das auf seiner Textgrundlage basiert, wurde am 06. Februar 2013 im OFF Theater in Wien als Teil des Tanzprojekts Momentos uraufgeführt. Des Weiteren tritt er auch mit der Theatergruppe Soles del sur in Wien auf. In den letzten Jahren hat er in Wien mehrere zweisprachige Lesungen (im LAI, Spanischen Kulturinstitut, Literaturklub etc.) organisiert und sich auch an Gruppenlesungen beteiligt. Einige seiner Gedichte wurden bereits in Ausgaben der Literaturzeitschrift „La Barca de Papel" veröffentlicht.

Eve Bourgeon (Pseudonym), wurde Ende der 70er geboren und lebt mit ihrer Familie im schönen Hohenlohe. Eve ist seit jeher kreativ – in vielen Bereichen, was allerdings auch viel Zeit, neben Beruf und Familie, beansprucht. Schreiben war schon immer ihre Leidenschaft, neben der Fertigung von kleinen Designs, die man in ihrem Onlineshop erwerben kann:

www.atelier-yvonne.com

Seit kurzem publiziert Eve Bourgeon ihre eigenen Bücher. Vorrangig Erotik, doch will die Autorin sich darauf nicht festlegen und sind daher ein Kinderbuch, ein Gedichtband und ein Buch über Handarbeiten in Arbeit. Auch den Gedanken an ernste Literatur hat die Schriftstellerin schon ins Auge gefasst. Bisher erschienen sind:

Hope - Gefangen zwischen Liebe und Lust; Fesselnde Leidenschaft - Devote Phantasien (beide erschienen im Erotica Verlag); *24/2: Zartharte Liebe* von Eve Bourgeon und H.R. Gérard; Im Soisse Verlag: *Im Dialog: Die abrahamitischen Religionen; Künstlerische Freiheit: Ein Diskurs; Jesus, Maria & ein Stückchen Josef - Frauen schreiben über Männer, Männer über Frauen; Jesus, Maria & ein Stückchen Josef - Frauen schreiben über Männer, Männer über Frauen - Da capo*

Website der Autorin: www.eve-bourgeon.com

Renate Zawrel (23. Kapitel), geboren 1959 in Wien, lebt seit 1993 in Oberösterreich. Der Erstlingsroman ‚Il Vesuvio‘ (Novum Verlag) erschien 2011. Hierauf folgten Veröffentlichungen diverser Kurzgeschichten in Anthologien des Sarturia-Verlags, sowie die Krimi-Trilogie ‚Damendoppel‘ (Band 1 – 2012, Band 2 – 2013, Band 3 – 2014).

Die Autorin zeichnet auch als Herausgeberin im Verlag Sarturia verantwortlich (Serie ‚Märchen unterm Regenbogen‘, sowie aller im Verlag erscheinenden

Märchenbücher, Fantasy-Romane, Krimis und Love-Storys). Der Roman ‚Bijela kuća-Schattenglück' erschien im Juni 2015 (Verlag Sarturia) und behandelt unter anderem die Thematik ‚Gewalt in der Ehe'.

Einige Kurzgeschichten sind in den Bänden der Reihe ‚Jedes Buch eine Träne weniger – Respekt für dich' im Karina-Verlag erschienen, beziehungsweise ist Renate Zawrel auch Mitautorin in allen Bänden der Trilogie: Vergessene Flügel – Verborgene Flügel –Vollendete Flügel

ISBN 978-3-940830-61-6
www.sarturia.com – www.buchseite.net

Dieses Buch heraus zu bringen, war eine ziemliche Herausforderung. Denn es erfordert ununterbrochene Überarbeitung und Angleichung der Texte. Jede Autorin, jeder Autor, hat einen eigenen Stil, will ihre, seine eigenen Wandlungen der Story einbringen und manchmal musste da etwas gebremst werden. Doch alle haben sehr gut miteinander gearbeitet, sich mit dem Thema befasst und hervorragende Leistungen abgegeben.

Es ist das Werk geworden, das wir wollten. Ein Buch, das der Welt zeigt, dass es Zusammenhalt und Fairness gibt. Dass ein gesundes Überleben der Kunst nur möglich ist, wenn man es gemeinsam macht. Achtung vor den Werken der Anderen, das macht uns stark.

Mein großer Dank geht an Renate Zawrel und ihr Team beim Sarturia-Verlag. Laufend wurde das Manuskript nach meinen Überarbeitungen lektoriert und korrigiert, damit der Schreibfluss nicht unterbrochen wird. Nur so war es möglich, dieses Werk überhaupt fertigzustellen.

So hat sich aus einer kleinen, etwas waghalsigen Idee, eine wunderbare Zusammenarbeit von zwei Verlagen in Österreich und Deutschland ergeben. Wir haben etwas geschafft, was nicht einmal weltweite Verlage auf die Füße stellen könnten. Wir, der Sarturia-Verlag und der Karina-Verlag, werden uns weiterhin gegenseitig unterstützen, denn – nur gemeinsam geht es weiter. Unsere Eigenständigkeit bleibt dabei erhalten. Ein guter Weg in die Zukunft der Kunst.

Ich danke auch herzlich Bettina Böhm, die die ersten Kapitel korrigiert hat. Mit ihr war der Start einfacher.

Ich danke Rudi Treiber, für seine kurzen, aber sehr wahren und ehrlichen Worte zu Beginn des Buches. Diese Zeilen gaben mir erst die richtige Kraft, dieses Projekt durchzuziehen. Danke.

Ein großer Dank an alle meine Autorinnen und Autoren, denn ihr habt nicht nur geschrieben für dieses Buch, ihr habt mich auch mit lustigen Mitteilungen, Mails, PN´s usw. motiviert und gestärkt. Danke.

Und nun, ein großer Dank an unsere Leserinnen und Leser. Denn nur durch Euch und den Kauf dieses Buches, wird unsere Botschaft in die Welt getragen. Nur so erreichen wir, dass die Menschen erkennen, dass Kunst, in welcher Form auch immer, etwas wert ist. Für die, die sie herstellen und für die, die sie nutzen und genießen.

Danke

Eure Karin Pfolz

Karina-Verlag (Karina publishing):

Gegründet wurde der Karina-Verlag im August 2014 von der Autorin Karin Pfolz. In Anlehnung den Verein „Respekt für Dich – AutorInnen gegen Gewalt", dessen Vorstandsvorsitzende sie ist.

Jedes publizierte Buch des Verlages, jede CD, jedes Kunstwerk, unterstützt die Gewaltopferhilfe in Österreich. Außerdem veranstalten „Respekt für Dich" und der Karina-Verlag laufend Workshops an Schulen, zu den Themen Gewaltvermeidung, Mobbing, Mentortraining bei Lernproblemen usw.

Jährlich erscheinen einige Anthologien unter dem Titel „Jedes Wort ein Atemzug", von denen das gesamte

Honorar an Gewaltfrei Leben geht. Daran beteiligen sich inzwischen über 1.200 AutorInnen weltweit.

Für den Karina-Verlag und alle unsere Künstlerinnen und Künstler gilt immer:
„Jedes Buch ist eine Träne weniger".

This publishing house was founded in 2014 by the author Karin Pfolz, chairman of the association "Respekt für Dich - AutorInnen gegen Gewalt" ("respect for you - Authors Against Violence").

With each publsihed book, a part of the revenue is used to support the victims of violence. It is partly invested in workshops on the subject "prevention of violence" in schools, partly in the "Autonomous Austrian Women's Shelters" ("Autonomen Österreichischen Frauenhäuser") and the campaign "Living FREE of violence" ("GewaltFREIleben").

Under the title "Every word a breath" ("Jedes Wort ein Atemzug"), new volumes appear constantly. Authors can submit their contributions to this anthology anytime. The fee of these books is used to support the assistance of victims of violence.

The motto and the mission of Karina publishing is: "Every book is a tear less".

Sarturia-Verlag

Gegründet von **Dieter König**, der auch die Sarturia Autorenschule geschrieben hat. Ein Werk, das den Autoren des Verlages kostenfrei zur Verfügung steht und mithilft, die eigenen Texte selbständig zu verbessern und das Handwerkszeug – ‚das Schreiben‘ – von ‚der Pieke auf‘ zu lernen.

Unter dem Schwanenfeder-Logo wurden bereits zahlreiche Sci-Fi- und Fantasy-Romane sowie Krimis publiziert. Die Kinderbuch-Reihe ‚Märchen unterm Regenbogen‘ (Jeweils Anthologien zu bestimmten Themenstellungen) ebenso wie die Bücher der Sarturia-Märchenbibliothek, bestechen durch ihre liebenswerten Geschichten, die in kindgerechten Layouts – im Hardcover-Format – erscheinen.

Das Repertoire wird ständig erweitert und ab 2015 stehen auch Lovestorys und Zeitgeschichtliches auf der Genre-Liste.

Das Besondere an Sarturia sind das markengeschützte Coaching des Verlages und die Arbeit im Team. Im Verlagsforum haben Gäste die Möglichkeit, direkt mit den Autoren in Verbindung zu treten. Monatliche ‚Trainingsaufgabe‘, vielfältige Ausschreibungen … Das Team von Sarturia lädt Interessierte ein, einfach einmal vorbeizuschauen: http://sarturia.com

„Jedes Wort ein Atemzug"
Buchserie der AutorInnen von „Respekt für Dich"

erschienen im Karina Verlag

Ein gemeinsames Buchprojekt gegen Gewalt, initiiert von der Österreichischen Autorin Karin Pfolz, soll den gemeinsamen Weg Europas gegen Gewalt zeigen. Hunderte Autorinnen und Autoren aus ganz Europa beteiligen sich daran. Der Erlös aus den Büchern fließt in die Gewaltopferhilfe.

„Mit diesem Buchprojekt wird die Idee der Europaratskonvention unterstützt, wonach Gewalt an Frauen und Kindern kein Tabuthema mehr ist", so Gisela Wurm (Vizepräsidentin des Europarates und Vorsitzende des Ausschusses für Gleichbehandlung und Nichtdiskriminierung). Die Bücher sind europaweit im guten Buchhandel erhältlich, bei Amazon, Thalia und anderen E-Stores und bei www.karinaverlag.at

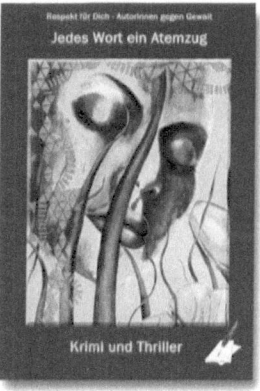

Das Autorenhonorar dieses Buches geht an:

Das Kumplgut – Erlebnisdorf für krebskranke Kinder

Wir wollen den **Kindern und ihren Familien** helfen, sich nach ihrem Krankenhausaufenthalt bzw. psychischen Belastungen in einer entspannten Umgebung zu regenerieren, wieder Kraft zu sammeln, den psychischen Stress zu vergessen und die kindliche Unbekümmertheit wieder erlangen zu können.
Ein Aufenthalt ist auch dann möglich, wenn die Therapie bereits mehrere Jahre zurückliegt.

Wir bieten einen KOSTENLOSEN Aufenthalt am Erlebnishof mit Spielplatz, Schwimmteich, Relaxraum, Spielzimmer, Leseraum einem großen Aufenthaltsraum und vieles mehr. Sowie eine Betreuung durch ausgebildete PädagogInnen.

Unsere Ziele sind es, Vertrauen aufzubauen, Spaß zu haben, Entspannung zu erleben und Erholung zu finden.

Der Aufenthalt unserer Gäste wird zur Gänze durch Spenden finanziert

Der Verein ‚Emotion' finanziert sich ausschließlich durch Einnahmen von privaten SpenderInnen. Außerdem werden wir durch zahlreiche Firmen aus den Bereichen Wirtschaft, Sport und Kultur tatkräftig unterstützt. Durch diese großzügigen Spenden in den letzten Jahren ist es uns gelungen, das Kumplgut ohne öffentliche Gelder und ohne Schulden zu hinterlassen, zu bauen.

Zusätzlich zu diesem Erfolg konnten wir bereits Anfang 2014 die Finanzierung der nächsten zwei Jahre sicherstellen. Durch die kontinuierlich steigende Zahl der Patenschaften hoffen wir auch die kommenden Jahre problemlos finanzieren zu können. Eine Patenschaft beträgt 8 € pro Monat, die betriebliche Kalkulation für ein Jahr beruht auf 5000 Patenschaften.

Am Kumplgut 1, 4600 Wels
TELEFON: +43 676 84 111 3331
FAX: +43 7242 51 650
E-MAIL: OFFICE@KUMPLGUT.AT

ISBN: 978-3-903056-08-4
www.karinaverlag.at

Karina Verlag
Vienna, Austria
Otto Willmann Gasse 4/69
A-1100 Vienna
www.karinaverlag.at
karina.bookoffice@gmail.com